# 3분소설

당신의 이야기가 **소설입니다**

3분소설

마리애비 외 지음

바이트 기획

머리말

당신의 이야기가
소설입니다

　우리는 소설을 읽고 달콤한 기분을 맛보기도, 후련함을 느끼기도, 감동해서 눈물을 짓기도 한다. 무엇보다 소설의 큰 매력은 이야기에 쏙 빠져들어 자신이 등장인물 중 하나가 된 듯 다양한 감정을 경험할 수 있다는 점이다.

　바이트의 소설처방 '3분소설'은 이야기가 주는 힘을 극대화한 나만의 이야기 주문 서비스다. 의뢰인이 자신의 인생 이야기를 들려주면 작가가 그 내용을 바탕으로 짧은 소설로 작성해 준다.

　이 서비스는 한입거리 이야기 앱 '바이트(BITE)'를 운영하면서 짧은 글로 할 수 있는 것들을 다양하게 시도해보던 중 우연히 한 작가의 제안으로 시작됐다. 지난 6월 서울국제여성영화제에서 첫선을 보였는데 처음엔 반신반의했다. 그 자리에서 소설로 만들어준 다니 신기하지만 주문하기는 머쓱해서 눈길만 보내는 것은 아닐까 걱정이 앞섰다. 그런데 5일간 행사를 지속하자 주말에는 네 명의 작가가 화장실도 못 가고 소설을 써야 할 정도로 뜨거운 관심을 끌었다.

 이후에는 각종 영화제, 플리마켓, 페스티벌 등 오프라인 행사는 물론 밀리의 서재 등 다양한 브랜드와 온라인 이벤트를 진행하면서 500편에 가까운 소설이 완성됐다.

 3분소설을 시작하면서 새삼 놀랐던 점은 마음의 치유가 필요한 이들이 차고 넘친다는 것, 특히 대부분이 청년층이라는 것이다.
 하고 싶은 게 있지만 밥벌이 때문에 전공을 바꾸었다는 대학생. 외국어 학원, 강연 수강, 스터디 모임까지 하루가 꽉 차게 열심히 사는 것 같은데 실은 미래에 대한 불안 때문이라는 취업준비생. 바라던 직장에 들어왔지만 예상과 달라 몇 달 만에 이직을 고민하는 직장인. 자신을 괴롭히는 상사에게 복수하는 이야기를 써달라는 직장인. 어느 날 번아웃이 온 뒤 일 년간 집 밖으로 거의 나가지 않았다는 이. 늘 연인이 있지만 한 번도 결혼할 만큼 마음에 드는 사람은 없어 고민이라는 이 등등.
 짧은 몇십 분 동안 솔직하고 진지하게 자신의 고민을 토로하는 주문자들을 보며, 어쩌면 소설처방이 심리 상담 역할을 하는지도 모른다는 생각이 들었다. 슬프게도 이 바쁜 현대사회에서 단 몇십

분 동안 나의 이야기를 온 마음을 다해 귀 기울여 들어주는 일은 매우 드문 체험이었던 것이다.

가장 기억에 남은 주문자는 가출한 중학생 딸을 둔 한 어머니였다. 그분은 인스타그램으로 행사 소식을 접한 후 손꼽아 기다렸다가 찾아왔다.
가출한 딸에게 이제 괜찮다고, 네가 집으로 돌아오지 않고 원하는 대로 살아도 언제나 너를 믿고 지지하며, 원하면 언제든 집으로 돌아와도 좋다는 편지를 전해주고 싶다고, 딸의 사연을 30분 이상 얘기했다.
2,000자 남짓의 이 짧은 소설이 뭐라고, 그토록 가슴 아픈 이야기를 담담히 풀어내는 그분을 보며 위로가 되는 글을 써야 한다는 엄청난 부담감과 함께 커다란 보람을 느낀 순간이었다.
소설처방으로 인해 희망을 얻었다는 사연도 있었다. 꼰대 같은 상사 밑에서 재미없는 일로 허구한 날 야근을 한다는 어느 직장인은 자신이 정말로 하고 싶은 VJ가 되는 소설을 써달라고 했다. 이후 그녀는 용기를 내어 직장을 그만두고 VJ를 준비하고 있다는 소식을 전해 왔다.

'자신도 알지 못했는데, 읽고 보니 이게 바로 나에게 절실하게 필요한 이야기였어요.'

3분소설을 진행하며 받은 감사 메시지는 이 서비스를 시작한 의의를 확인해주었다. 그동안 내가 뭘 원하는지, 내가 왜 힘든지 한 번도 제대로 생각해본 적 없던 사람들에게 잠시 멈춰서 자신을 돌아보게 했다는 것, 그리고 이야기를 통해 위로를 받았다는 것은 3분소설만이 가진 가치였다.

즐거운 사연도 있었다. 눈에서 꿀이 뚝뚝 떨어질 정도로 애정 넘치는 연인들의 결혼 사연을 소설로 써주기도 했고, 생일이나 특별한 날의 기념 선물로 특별한 주인공이 등장하는 소설을 써주기도 했다.

나만을 위한 이야기인 3분소설은 주문자에게 큰 기쁨을 주기도 하지만, 바이트의 작가들에게도 매우 의미 있는 작업이었다. 독자의 살아 있는 이야기를 듣는 것은 그들에게도 새로운 자극이 되고 함께 이야기를 만들어나가는 '공동기획'의 가능성을 보여주었다.

누구나 말할 수 있고 누구나 생각할 수 있는 것처럼, 누구나 이야기를 만들 수 있다. 타고난 글솜씨가 없더라도, 내가 가진 생각만으로 이야기를 함께 만들어낼 수 있는 구조를 만들어낸다면, 그건 정말 멋진 미래가 될 것이다. 소설처방의 가능성이 어디까지인지 모르겠지만, 나는 앞으로도 3분소설을 지속적으로 발전시키며 다양한 실험을 해보려고 한다.

김수량, 바이트 대표

차례

4 **머리말** 당신의 이야기가 소설입니다

1장 고민 혹은 위로

- 12 엄마의 편지
- 19 재회
- 25 My Own Way
- 30 빨간 망토 차차의 가출
- 35 이파네마로 간 여인
- 41 고양이는 답을 알고 있다
- 47 거짓된 행복을 만들어드립니다
- 50 시실리
- 55 어쩌면 살면서 한 번은 있어야 하는 일

2장 미래 혹은 꿈

- 62 딱, 너만큼
- 74 그다지 쓸모없는 초능력
- 81 글자의 나라
- 88 시
- 92 왼쪽 손목의 테이핑
- 99 여기보다 어딘가에
- 103 그의 이상형
- 109 계속 살아가는 법

3장 사랑 혹은 이별

- 124 사람의 마음
- 132 오늘부터 1일
- 139 미완 예찬
- 144 격정남녀
- 148 밤에 피는 꽃
- 152 나의 하루 끝엔 항상 네가
- 157 갈림길에서 당신이 있는 쪽으로
- 161 세상에서 가장 어려운 작전
- 165 미뢰가 닳는다 하더라도

4장 일 혹은 직장

- 170 퇴마사들
- 181 결국엔 다 잘될 거야
- 186 우리 팀이 폭발했다
- 190 백언이 불여일화
- 195 행복설계주식회사
- 200 촛불 하나
- 204 노년의 취준생
- 208 이제 속이 시원하냐?
- 213 휴식이 필요한 날
- 219 꼼빠뇽

안양
설계사무소에
근무하는
지은 님
My Own Way

부산에서
비서일을 하는
수희 님
**이파네마로
간 여인**

1장

고민
혹은
위로

부산에 사는
콘텐츠 크리에이터
영은 님

**어쩌면 살면서
한 번은
있어야 하는 일**

엄마의 편지

딸이자 엄마 지수 님의 사연
부모를 향한 마음의 빗장을 꼭꼭 닫아버린 딸에게 제 마음을 담아 선물하고 싶어요.
"엄마는 어릴 때 할머니의 간섭이 너무 싫어서 너를 자유롭게 키우려 한 건데,
사랑받지 못한다고 느낄 줄은 정말 몰랐어."

"이제 오니?"

답이 없었다. 딸은 고개를 까닥이고는 자기 방으로 쏙 들어가버렸다. 저녁 늦도록 거실 소파에 앉아 보지도 않는 TV를 켜놓고 기다렸지만, 우리 모녀의 대화는 그것으로 끝이었다. 으레 그래왔지만 슬프지 않다면 거짓말이겠지. 나이를 먹을수록 포기하고 수긍해야 하는 일이 많아진다는 것을, 딸은 알고 있을까.

"저저, 버르장머리 없는 놈."

옆에서 귤을 까먹고 있던 남편이 씹어 뱉듯이 말했다. 샐쭉하니 남편의 얼굴을 쳐다보았다. 잠시 시선이 마주쳤다. 하지만 남편은 이내 관심도 없다는 듯 TV로 시선을 돌려버렸다.

"집에 있으면서 교육을 어떻게 했길래 애가 저 모양이야? 이놈

의 집구석, 에잇!"

그러는 당신이야말로 회사 그만두고 집에 들어앉아서 삼시 세 끼 밥만 축내는 거 말고 하는 일이 뭐 있느냐고 따지고 싶었지만, 그러지 않았다.

어느새 남편도 나만큼이나 늙어 있었다.

요즘 들어 툴툴대는 일이 많은 것이, 아무래도 갱년기인가 싶어 이래저래 남편 몸에 좋을 만한 음식을 찾아보는 중이었다. 나 역시 밤낮으로 얼굴이 홧홧하게 달아올랐다가도, 으슬으슬 추운 날들이 반복되었다. 나이를 절로 먹는 것이 아님을, 이토록 몸을 힘들게 하는 것임을, 어린 시절의 나는 알지 못했다.

그래, 그 시절의 나는 모든 것을 다 안다고 생각했지만 사실은 아무것도 알지 못했다.

"결혼하면 이 서방 말 잘 들어야 한다. 여자가 안에서 내조를 잘 해야 남자가 밖에서 기가 사는 법이야."

엄마의 당부에, '엄마, 나는 엄마처럼 살고 싶지 않아요' 하는 말이 목구멍까지 차올랐지만 삼키느라 턱 하고 숨이 막히는 기분이었다.

'좋은 생각, 그래, 좋은 생각만 하자.'

남편은 밖에서 손님들을 맞이하며 인사하느라 여념이 없었고, 나는 인형처럼 다소곳이 앉아 어서 결혼식이 시작되기만을 기다렸다.

시간이 어떻게 흘러갔는지 알아차리기도 전에, 정신없이 달려

온 느낌이다.

결혼한 지 1년여 만에 아이가 들어섰고, 첫아이가 딸이라는 이유로 친정 엄마와 시어머니에게 구박을 들어야 했다.

산후조리니 산후 우울증이니 하는 말들이 낯설고 생소하던 시절이었다.

"얘, 나 때는 오전에 애 낳고 저녁에 나가서 밭일하고 그랬다. 애 낳는 게 뭐 유세라고."

오랜만에 찾아간 친정에서 그런 이야기나 듣고 있으면, 있던 정도 뚝 떨어질 정도였다. 아이는 울고, 남편은 피곤한 얼굴로 집에 돌아와 잠드는 날들의 연속이었다.

"우리 둘째 가질까?"

어느 날 술에 잔뜩 취한 남편이 은근히 물어왔다.

"수현이 유치원비 대기도 빠듯해요."

"그래도 아들이 있어야 하는데."

그 소리를 밀어내고 뒤돌아 누웠다. 남편도 더는 보채거나 하지 않았다.

삶은 불행하지도 행복하지도 않게, 그렇게 흘러갔다. 내 딸만큼은 나처럼 살게 하지 말아야지. 그런 마음이 불에 달군 차돌처럼 깊숙하고 더 단단하게 심장 어딘가를 파고들었다.

아이가 원하는 것은 무엇이든 해주려고 노력했다. 파출부, 식당, 건물 청소까지 안 해본 일이 없었다. 하지만 돈이라는 것은 버는 족족 어딘가로 새나가는 느낌이었다. 깨진 그릇에 아무리 물을 퍼 담아봐야 소용없는 것처럼.

아이를 위해 더 열심히 일할수록 아이와 함께하는 시간은 줄어들었다. 아이가 어떻게 크는지 바라볼 여유가 없었다.

아이는 점점 말이 없어졌다.

어릴 때는 집에 돌아오면 내 품에 안겨 이런저런 얘기를 조잘대곤 했었는데. 나중에는 아이가 무엇을 좋아하는지, 뭘 하고 싶은지, 아니 점심으로 뭘 먹었는지조차 알지 못했다.

그래도 괜찮았다. 피아노, 속셈, 미술 같은 이런저런 학원들도 보내고, 제 하고 싶은 일에는 일절 간섭하지 않았다.

'그래, 너는 나처럼 살면 안 돼'라는 생각 하나로 일하고 또 일하며 살았다.

"엄마가 뭘 안다고 그래!"

아이가 첫 남자친구를 데려왔던 날, 괜히 심통이 나서 몇 마디 던진 게 화근이었다. 괜히 욱하는 마음에 설거짓거리를 내버려두고 소파에 앉아 소리를 질렀다.

"내 딸한테 그 정도 말도 못 하니?"

"엄마는 절대 몰라! 내가 어렸을 때부터 지금까지 못 받았던 거! 그걸 걔는 준다고!"

"그게 뭔데?"

"사랑."

딸은 현관문을 거칠게 열고 집 밖으로 나가버렸다. 나는 황망하게 자리에 앉은 채로 아이가 던지고 간 말을 곱씹어보았다.

 사랑… 사랑…. 사랑을 못 받았다고 소리치는 아이에게, 왜 나는 한마디도 되묻지 못했을까? 뒤통수를 세게 얻어맞은 것처럼 머릿속이 어지러웠다.

 주인 없는 빈 방에 들어가 청소를 시작했다.

 책상을 정리하다 책꽂이 한구석에 놓인 작은 일기장을 발견했다. 이러면 안 되는데 하면서도 어느새 일기장을 펼쳐 보았다. 동글한 글씨가 빼곡히 적혀 있는 아이의 일기장.

> 엄마는 저녁 늦도록 오지 않았다. 학원에서 돌아와 방에 앉아 있으면 냉장고 돌아가는 소리만이 집 안에 가득했다. 냉장고를 열어보면 몇 가지 반찬들이 들어 있었다.
> 서늘한 기운이 쏟아지는 냉장고 앞에 서서 나는 따스해 보이는 주황 불빛을 바라보곤 했다.
> 어쩌면, 냉장고가 우리 엄마가 아닐까?
> 밥도 주고, 언제나 그 자리에서 날 기다려주니까.
> 예고 없이 문을 열어도 싫은 내색이나 불평 없이 늘 같은 모습으로.
> 나는 외로울 때면 말없이 냉장고 문을 연 채, 경고음이 울릴 때까지 그 안을 들여다보곤 했다.

 나처럼 살지 않게 하고 싶었다. 하고 싶은 것을 하고, 제 인생은 스스로 결정할 수 있도록, 그런 힘을 길러주고 싶었다. 그것으로 충분하다고 생각했다. 무언가에 떠밀리듯 인생의 중요한 일들을 타인에 의해 결정하지 않고, 스스로가 원하는 방향으로 살 수 있도록. 그저 행복하게 살기만을 바랐을 뿐인데.

살아온 날들이 문득 허무하게 느껴졌다. 그 뒤로 우리 모녀는 많은 대화를 나누지 않았다.

나는 딸의 인생에 간섭하거나 조언하는 것이 두려웠고, 딸은 그런 내 모습에 더 단단하게 제 마음의 빗장을 닫아버렸다. 기껏해야 등록금이나 교재비처럼 꼭 필요한 이야기만을 나눴다. 아마 지구 반대편에 사는 어떤 불행한 가족이라도 우리만큼 대화가 적지는 않으리라.

내리사랑은 있어도, 그 반대는 없다는 말이 사무치게 다가왔다.

남편은 코를 골며 자고 있었다. 아이는 방 안에 틀어박혀 나오지 않았다. 새벽 2시, 얼굴과 등이 뜨거워 도저히 잠을 잘 수가 없었다. 거실로 나와 괜히 서성거렸다.

딸애가 데려온 고양이만 내 발치에서 야옹 소리를 내며 제 머리를 비벼댔다.

그러다 문득, 딸에게 편지를 쓰고 싶다는 생각이 들었다.

아주 어렸을 적에 나는 소설가가 되고 싶었다. 누군가에게 풀어놓을 수 없는 이야기도, 글로는 얼마든지 보여줄 수 있다는 사실에 매료되었다. 그러나 돈도 안 되는 흰소리 하지 말고, 좋은 남자 잡아서 시집이나 가라던 엄마의 말에 꿈을 가슴속에 묻어야 했다.

나는 그런 무식한 소리를 들으면서도, 엄마에게 싫은 소리 한 번 하지 못했다.

  오랜만에 식탁에 앉아 연필을 깎고 서랍에서 꺼낸 예쁜 편지지에 글을 써 내려갔다.

  '사랑하는 내 아이, 내 하나뿐인 딸 수현에게.'

 작가의 말 – 마리애비

'품 안의 자식'이라는 말이 있습니다.
아이가 자라면 제 뜻대로 행동하려는 건 당연한 이치이지요.
사연의 주인공은 딸에게 자신의 마음을 전하고 싶다고 했습니다.
꼭꼭 숨겨왔던 자신이 딸이었을 때의 마음과 엄마가 된 후의 마음, 그리고 마음의 빗장을 걸어 잠근 딸의 마음까지 풀어놓고 싶다고 했습니다.
부디 이 글이 자녀와 허물없는 대화를 나누는 데 물꼬를 트는 계기가 되길 바랍니다.

재회

부산에 사는 디자이너 태용 님의 사연
과거 나를 배신했던 동료들에게 상처를 많이 받았어요.
배신과 복수가 공존하는 짜릿한 스토리를 써주세요.

"여기 비밀 공간이 있어요."

놀라서 소리치는 나이워의 말에 민간용병 블루벨샤크의 단원 전원이 급하게 달려왔다.

"이 벽 뒤쪽을 말하는 거야?"

"네, 잠시만요."

나이워는 홀로그램을 띄워 바쁘게 손을 움직였다.

곧 아무것도 없던 벽에서 기이한 문양이 생겨나더니 덜컥 소리를 냈다. 서로 눈치를 보던 가운데 단장 테디가 조심스럽게 다가가 벽을 밀었다. 그러자 끼익 하는 마찰음과 함께 숨겨진 공간이 모습을 드러냈다.

"눈에 보이는 함정은 없는 것 같은데요."

엔지니어 겸 부사격수 칼딘이 함정이 설치되어 있는지를 체크하자 테디를 앞세운 블루벨샤크 단원들이 조심스럽게 통로를 걸었다. 블루벨샤크에 의뢰가 들어온 건 2주 전의 일이었다. 행성 한 구역을 주름잡던 스쿠트필 함장의 숨겨진 함선을 사전 조사해달라는 내용이었다. 겨우 사전 조사에 불과한 일인데도 의뢰비가 자그마치 단원들의 5년 치 급여에 달했다. 처음에는 위험한 일인가 싶어 망설였다. 하지만 그 내막을 듣고 테디는 수락하고 말았다.

"미리 말했다시피 이 비밀 공간이 스쿠트필 함장의 개인 창고일 가능성이 높아. 의뢰인이 창고 물건의 일정 지분을 약속했으니까, 다들 욕심부리다가 일 망치지 말자. 알겠지?"

"네, 단장."

우렁차게 대답하는 단원들의 표정이 밝았다. 아마 각자 머릿속으로 희망찬 미래를 그리고 있을 터였다.

테디는 그들의 모습에 피식 웃고 자신의 왼쪽에서 걷는 나이워를 돌아보았다.

"고마워, 나이워. 이번 의뢰는 전적으로 네 덕분이라고 해도 과언이 아니야. 처음에 경력이 없다고 무시한 점은 정말로 미안하다."

나이워는 이번 의뢰 직전에 테디가 새로 영입한 동료였다. 성격 탓인지 머뭇거리고 당황하는 모습을 보이지만, 동료들이 감탄할 만큼 뛰어난 해커의 능력을 지니고 있었다.

꾸벅 고개까지 숙이는 테디의 사과에 나이워는 깜짝 놀란 얼굴로 손사래를 쳤다.

"아니에요, 단장! 저, 저 이런 일은 처음인데도 블루벨샤크 사람들이 다 친절하게 대해줬는걸요. 덕분에 여기까지 올 수 있었어요."

"우리 귀여운 나이워, 자랑스러워. 이 일만 제대로 끝나면 너도 영원히 우리 단원이 될 거야."

"여, 영원히요…."

나이워의 뒤에서 어깨를 꽉 끌어안은 리디아가 테디를 향해 고혹적인 미소를 흘렸다. 테디는 그 의미를 깨닫고 피식 웃었다. 그러나 눈빛만큼은 매서웠다.

가장 뒤에서 따라오던 칼딘은 딱딱하게 굳은 얼굴로 기대감에 가득 찬 나이워의 뒷모습을 바라봤다. 불쌍한 것.

그러나 자신도 누군가를 동정할 처지가 아니라는 것을 칼딘 자신이 제일 잘 알고 있었다.

긴 통로 끝에 도착하자 합금으로 된 커다란 문이 있었다. 테디가 바라보기도 전에 문 앞으로 달려간 나이워가 해킹을 시도했다. 문은 금방 열렸다.

열린 문 사이로 들어간 테디는 '맙소사'라는 감탄사를 연발했다. 눈 안에 담을 수 있는 모든 곳이 보물 천지였다.

홀린 듯 테디와 동료들은 그곳으로 진입했다.

"맙소사, 이게 다 얼마야? 총기류까지 합치면 수천 억 골드는 훨씬 넘겠는데?"

"꺄악, 단장! 이거 봐! 조디아 여왕의 목걸이야! 이것 때문에 전

쟁이 일어났다는 그 물건이라고!"

 테디와 리디아의 이성은 순식간에 탐욕으로 물들었다. 평소 가장 이성적인 칼딘조차 떨리는 심장을 주체하기 힘들었다.

 "그러면…."

 테디와 리디아의 시선이 마주쳤다. 칼딘은 드디어 시작이구나 싶어 눈을 질끈 감았다. 그들은 동료의 머릿수를 줄일 생각이었다. 어떻게든 자기들에게 돌아갈 이익을 높이기 위해서 말이다.

 "이제 배신하려고요?"

 그러나 그 순간, 입구에 등지고 서서 그들의 행동을 지켜보던 나이워가 싱긋 웃었다.

 팔짱까지 낀 채 여유로워 보이는 태도에 테디가 뭔가 이상함을 느끼며 나이워에게 다가갔다.

 "그게 무슨 소리니? 배신이라니? 우리는 그저…."

 철컥. 테디가 들고 있는 총을 나이워에게 겨누었다.

 "비즈니스 관계였을 뿐이잖니? 방법이 좀 과격하지만, 흐흐."

 나이워는 입을 삐죽 내민 채로 테디의 총을 바라보았다.

 "그 총도 참 오랜만이네요. 종아리에 총알이 박혔을 때는 정말 아팠는데."

 "뭐? 그…, 그게 무슨…?"

 "아직도 모르겠어요? 아니면 내가 그렇게 연기를 잘하는 건가?"

 나이워의 눈꼬리가 길게 쳐졌다.

정말 반갑다는 얼굴로 표정이 일변한 나이워는 이까지 보이며 활짝 웃었다.

"오랜만이야, 단장. 트리카 행성에서 배신당하고 5년 만인가?"

눈을 부릅뜬 테디가 방아쇠를 당겼지만, 총은 지이잉 소리를 낼 뿐 총알이 나오지는 않았다.

테디가 당황하는 사이 나이워는 허리춤에 있던 테이저 건을 꺼내 테디와 나머지 동료들에게 한 발씩 날렸다.

바닥에 누워 부들부들 떠는 테디를 내려다보는 나이워의 눈에는 어떤 감정도 담겨 있지 않았다.

"잊었어? 그 총 만들어준 게 나였잖아. 락(Lock)을 거는 정도는 간단하지."

"알버트! 이런 일을 하고도 멀쩡할 줄 알아? 곧 의뢰인에게 연락할 시간이라고! 단장인 내가 연락을 안 하면…."

동료의 옛 이름을 부르짖으며 화를 내던 테디는 나이워가 꿈쩍하지 않자 이내 살려달라고 빌었다.

"추하네, 단장. 내가 살려달라고 빌 때 했던 말 기억나? 당하는 놈이 멍청한 거라며 웃으면서 지껄였지."

경멸 어린 시선으로 테디를 보다가 나이워는 칼딘에게 다가갔다. 주머니에서 꺼낸 주사기를 칼딘에게 꽂아 넣자 칼딘의 손끝이 움찔거렸다.

"칼딘 형은 특별히 살려드릴게요. 그래도 유일하게 날 챙겨준 사람이었으니까."

아마 배신당하던 순간, 칼딘이 동정심에 던져준 의료 키트가 아니었다면 나이워는 싸늘한 시체가 되어 우주를 떠돌아다녔을지도 몰랐다.

"고…맙다. 그리고 미안했다…."

"됐어요, 뭐. 더 이상 우리가 좋은 감정으로 지내지는 못하겠지만요. 이제 5분 안에 마취가 풀릴 거예요. 그리고 전 지금부터 여기에 10분짜리 시한폭탄을 하나 설치하고 갈 거고요. 무슨 말인지 알겠죠?"

나이워는 씨익 웃었다.

"쓸데없이 저 인간들 구할 생각은 하지 말라는 거예요."

나이워는 자신이 말한 대로 소형 점착 폭탄 두 기를 각각 테디와 리디아의 몸에 붙였다.

창고에 비명과 삐삐빅 울리는 기계음이 함께 퍼지는 가운데 나이워는 입구에 서서 정중하게 인사했다.

"부디 편안한 시간 보내시길."

 작가의 말 – 달빛타래

글을 쓰면서도 한정된 분량이 유독 아쉽게 느껴졌는데요.
이후 나이워와 살아난 칼딘의 이야기가 어떻게 이어질지는 상상에 맡기겠습니다.

My Own Way

안양 설계사무소에 근무하는 지은 님의 사연
올해 많은 일이 있었어요.
나 자신에 대한 소설을 써주세요.

날은 어느새 12월의 끝자락에 다다랐다. 찬바람이 코끝을 찡하게 하는 출근길, 지은은 고개를 젖혀 하늘을 올려다보았다. 구름 한 점 없이 깔끔한 하늘을 보니 덩달아 기분이 상쾌했다. 가까운 프랜차이즈 카페에 들러 라떼를 주문했다. 진동벨을 쥐고 기다리는 사이, 잠시 창밖을 바라봤다. 이제는 제법 출근길이 익숙해졌다. 바로 일주일 전, 지은은 마침내 인턴 딱지를 떼고 정직원이 되었다.

"25번 고객님, 따뜻한 라떼 나왔습니다."

지은은 라떼를 받아 들고 다시 출근길에 올랐다. 취업이 안 될까 봐 전전긍긍하던 때도 있었는데 이제 어엿한 직장인이다. 지은은 취업 준비로 정신없던 때가 떠올랐다. 아틀리에와 소규모 설계사무소, 대형 설계사무소 등 여러 곳에 지원했고, 지금 다니는 자그마한 설계사무소에서 합격 통보를 받았다. 친절한 사람들, 깔끔한 근무 환경에 만족하며 다니던 중, 예전에 면접을 본 대형 설계사무소에서 합격 소식을 전해 왔다.

"야, 안지은. 너 미쳤어? 당연히 더 큰 데로 옮겨야지!"

지은이 지금 사무소에서 계속 일하겠다고 했을 때 친구들은 정신이 나갔다며 다시 한 번 생각해보라고 설득했다. 부모님과 학과 교수님도 큰 곳으로 가는 것이 좋겠다고 조언했지만 지은의 생각은 변하지 않았다. 그러니까 지은은 원래 그랬다. 타인의 말보다 자신의 직관을 더 중요시했다.

"지은 씨, 안녕."

"지은 씨, 왔어요?"

회사에 들어서니 반가운 얼굴들이 지은을 반겼다. 지은은 1년 만에 완전히 제 것이 된 자리에 앉았다. 모니터에 덕지덕지 붙은 포스트잇, 스케줄이 빼곡히 적힌 달력, 오후의 허기를 달랠 간식거리들, 이 모든 것에 지은의 손길이 묻어 있었다.

"지은 씨, 오늘 날씨 정말 좋지?"

사수가 모니터 너머로 말을 걸어왔다.

"네. 너무 좋아요."

대형 설계사무소를 마다하고 이곳에 남은 이유는 일도 일이지만 무엇보다 사람 때문이었다. 사람들이 좋아서, 지은은 이 사무소를 선택했다.

아직 2018년이 지나려면 조금 남았지만, 올해를 보내며 지은이 가장 크게 느낀 점은 사람이었다. 주관이 뚜렷한 성격 탓인지 지은에게 자신의 조언을 새겨듣지 않는다며 심술을 낸 사람도 있었고, 고집이 세다고 말한 사람도 있었다. 그러나 그들은 지은이 정말 힘들 때 곁에 있어주지 않았다.

9월 말, 부산에 계신 할머니가 응급실에 실려 간 적이 있다. 금이야 옥이야 지은을 예뻐해주시던 할머니. 걱정으로 터질 것 같은 심장을 부여잡고 응급실로 갔을 때 병상에 누운 할머니와 그 곁을 지키던 아빠의 모습이 보였다. 아빠는 올해 사업이 잘 풀리지 않아서인지 지난번 봤을 때보다 한층 더 야위었다. 아무리 회사에 다니고 돈을 버는 성인이 되었어도 할머니와 아빠 앞에서 지은은 아이처럼 마냥 눈물을 흘렸다.

할머니가 기력을 다시 찾을 때까지 지은은 힘들고 고단한 시간을 보냈다. 할머니가 편찮으셔서…, 우리 아빠가 너무 힘들어해서…. 지은은 이렇게 말하면 자신을 아는 사람들이 함께 걱정해줄 줄 알았다. 그들은 그게 뭐가 힘드냐며 대수롭지 않게 말했다. 오히려 따뜻한 위로를 받은 건 평소 데면데면하게 지내던 사람들에게서였다.

덕분에 지은은 사람을 대하는 기준이 하나 생겼다. 나를 진심으로 이해해주고 믿어주는 사람에게 잘하자는 것.

"지은 씨, 새해에는 뭐할 거야?"

지은이 생각에 잠겨 있는 동안, 사무실 사람들의 화제는 흐르고 흘러 곧 다가오는 2019년에 다다랐다. 지은은 갑자기 날아든 질문에 조용히 웃었다. 머릿속으로 그 사람이 스쳐 지나갔다. 여러 문제로 한창 머리가 복잡할 때 천천히 다가와 지은에게 힘이 되어준 사람. 지은이 회의감과 무력감에 빠져 힘들어하던 때 조용히 옆에서 다시 일어설 수 있도록 용기를 준 사람.

"아직 모르겠어요."

지은이 대답하기가 무섭게 사무실 여기저기서 우리랑 같이 놀자는 말이 들려왔다.

"지은 씨는 어리니까 재밌는 데 많이 알지?"

"지은 씨 우리 핫한 데 데려가줘!"

농담인지 진담인지 모를 말들 속에서 지은은 옅게 미소를 지었다. 역시 이곳에 남길 잘했다. 지은의 판단은 틀리지 않았다.

지은은 모니터 속 바탕화면을 바라보았다. 바탕화면은 지은이 학창 시절, 뉴욕 워크숍에 갔을 때 찍었던 풍경 사진이다. 건축학을 계속 할지 말지 고민하다 올라탄 뉴욕행 비행기. 이 워크숍에 다녀와서도 건축에 흥미가 생기지 않으면 과감하게 건축을 때려치우겠다고 생각했다. 그런데 웬걸, 뉴욕은 건축을 사랑하게 만들어버렸다.

"뉴욕에나 갈까?"

지은은 낮게 중얼거리며 다이어리에 쓱쓱 자유의 여신상을 그렸다. 휴학했을 때부터 쓰기 시작한 다이어리에는 건축 관련 단상과 아이디어가 빼곡히 적혀 있었다. 이제 올해도 일주일이 채 남지 않았다. 많은 일들이 있었던 2018년, 2019년에는 또 어떤 일들이 펼쳐질까. 지은은 라떼를 한 모금 마셨다. 여전히 따뜻했다.

 작가의 말 - 웨하스

지은 씨는 인턴 10개월을 거쳐 드디어 정직원이 되었는데, 갑자기 과거 면접을 본 곳에서 합격 소식이 날아와서 어떻게 해야 할지 잠시 갈등했다고 합니다.
지은 씨의 직장생활, 연애, 성격 등 여러 이야기를 들으며 한 문장이 내내 떠올랐습니다.
"I have my own way!"
자신만의 방식과 가치관을 가지고 살아가는 지은 씨.
올 한 해 많은 일이 있었지만, 원하는 직장에 취업한 해피엔딩의 해로 기억에 남았으면 좋겠습니다.
앞으로도 강인하고 힘차게 지은 씨만의 길을 만들어가길 바랍니다.

빨간 망토 차차의
가출

심리상담회사를 운영하는 동민 님의 사연
아버지가 어머니에게 폭력과 폭언을 합니다.
너무나 벗어나고 싶은데 어떻게 해야 할지 모르겠어요.
저도 영향을 받아서인지 성격이 점점 난폭해지는 것 같고, 문제를 해결해나가기엔
너무 지친 것 같아요.

빨간 망토 차차는 집을 나가기로 했다.

사람은 고쳐 쓰는 거 아니라고 했다. 도저히 못 참겠다. 목줄에 묶인 채 공격성을 드러내는 아빠도, 그런 아빠를 간호하다 똑같이 되어버린 엄마도 이젠 지긋지긋하다.

양쪽에서 부모가 괴성을 지른다. 그 괴성을 들으니 짜증이 나서 차차도 괴성을 지르고 싶어진다.

나도 이젠 저들과 똑같이 되어가는 것 같아.

차차는 의식이 조금이라도 남아 있을 때 탈출해서 바깥세상을 즐기기로 한다.

차차는 빨간 망토를 쓰고 빵과 포도주가 든 바구니를 든다. 그리고 반대편 손엔 망치 한 자루를 들고 가벼운 발걸음으로 문을

열고 나선다. 드디어 탈출이다.

나무 사이사이로 들어오는 숲속 오후의 햇볕은 따스하고 산들바람은 차차의 머리카락을 살랑살랑 흔들어준다. 차차가 걸을 때마다 지저분한 치마가 펄럭인다.

차차는 바구니를 팔꿈치에 걸고, 말라비틀어진 샌드위치를 한 입 베어 문다.

비명 소리와 괴성, 집기 부수는 소리가 들리지 않는 산뜻한 일상이다.

이 순간을 즐기리라.

오늘은 뭘 먹을까, 오늘은 무슨 일을 할까, 즐겁게 이야기하는 사람들 무리가 지나갈 때 수줍은 차차는 잠시 나무 뒤로 몸을 숨긴다. 이번만큼은 혼자 있고 싶어서.

그렇게 차차는 연두색 동산을 넘고 작은 도랑을 건너고 새빨간 들장미 숲을 지나 오솔길 끝자락에 펼쳐진 거울처럼 맑고 차가운 호수에 도착한다.

호숫가에 선 차차는 푸른 하늘을 보고 크게 숨을 들이쉬며 바구니에서 한 모금밖에 안 남은 마지막 포도주를 꺼내 입안으로 털어 넣는다.

차차는 이제 수영하러 갈 것이다.

"아가씨! 거기서 뭐해요?"

이런, 호숫가 옆에 집이 있었어!

차차는 당황해서 뒷걸음질 친다. 호수 옆에 세워진 예쁜 빨간 지붕의 집, 그 문을 열고 잘생기고 상냥한 청년이 손을 내밀며 다가온다. 오랜만에 느끼는 사람의 온기, 따스한 표정. 그러나 차차는 받아들일 수 없다. 나와 함께 있으면 그는 상처 입을 게 분명하다. 그는 나를 받아줄 여력이 없다!

차차는 청년에게 소리치려고 한다. 안 돼요, 제발 오지 마세요. 부디 날 혼자 있게 놔두세요. 난 당신과 같이 갈 수 없어요. 당신의 예쁜 빨간 지붕 집에 들어갈 수 없어요.

그러나 심장이 아프게 진동하고 마취 주사를 놓은 것처럼 입안의 감각이 점점 사라져간다. 입술이 무덤덤해지고 혀가 딱딱하게 굳어간다.

손 내미는 청년의 목소리가 저 우주 끝에서 들리는 것 같다. 의식이 흐릿해져간다.

안 돼.

눈을 하얗게 까뒤집은 차차가 의식을 잃기 직전 마지막으로 본 것은 자신이 걸어 다니는 스테이크에게 달려들어 맛있게 한 입 물어뜯는 장면이다.

육즙이 입안에서 팍 터진다.

빨간 망토 차차는 이제 빨간 얼굴 차차가 되었다.

사람은 고쳐 쓰는 거 아니랬다. 좀비도 고쳐 쓰는 거 아니랬다.

아빠가 좀비가 되어 집에 왔을 때, 엄마는 내가 아니면 누가 이 남자를 돌봐주느냐고 말했다. 하지만 그때 그냥 치료감호시설에

맡겼어야 했다. 그랬다면 엄마마저 물리지는 않았을 것이다.

엄마가 아빠한테 물어뜯기는 것을 똑똑히 봤음에도 불구하고 차차는 집을 떠나지 않았다.

차차는 두려웠다. 당장 도망가야 한단 걸 머리로는 알지만 혼자 집을 떠나서 겪을 모든 힘겨운 일을 생각하니 두려워서 발이 떨어지지 않았다.

모든 사람이 용기를 가질 수는 없다. 있을 수 있는 일이다. 그러나 용기가 없어서 생긴 일의 대가는 모두가 치러야 하며, 지금 차차도 그 대가를 치르는 것이다.

차차는 집을 떠나기 하루 전에 물렸다.

1년 동안 아무 일 없다가 마지막 순간에 딱 한 번 물렸다. 그리고 그 한 번이 전부였다. 차차는 뒤늦게 후회한다. 가슴을 찢으며 후회한다.

그 하루 전에만 탈출했어도, 그 하루 전에만 용기를 냈어도 이렇게 되진 않았을 텐데.

차차는 두 눈을 번쩍 뜬다. 익숙한 천장이다.

크에에엑크에에엑~

익숙한 괴성도 들려온다.

차차는 몸을 일으켜 주변을 돌아본다. 항상 자던 침대와 방이다. 거실에 나와 보니 목줄을 찬 좀비와 기둥에 묶인 좀비가 있다. 기둥에 묶인 좀비의 몸부림 때문에 로프가 조금씩 닳아서 끊어지기 직전이다.

차차는 서둘러 자신의 팔을 확인한다.

깨끗하다.

 작가의 말 – 약빤꽃게

가정폭력을 행사하는 사람들은 좀비와 같습니다.
백신이 있으면 고칠 수 있지만 그전까진 당분간 고칠 수 없습니다.
수많은 사람들이 폭력 가장을 감싸다가 폭력에 길들여지는 경우가 있습니다.
부디 용기를 냈으면 하는 바람으로 이 글을 드립니다.

이파네마로
간 여인

부산에서 비서일을 하는 수희 님의 사연
오래 사귀던 남자친구랑 헤어졌어요.
마음이 매우 힘드네요.
따뜻한 태양 아래서 쉬고 싶어요.

"여기선 태양을 볼 수가 없네."

페냐는 구릿빛이 도는 턱을 쓰다듬으며 조금은 어눌한 한국어로 말했다.

마침 서류를 건네던 수희를 두고 한 말이 틀림없었다. 수희는 페냐 회장의 말에 창밖을 보았다. 분명 해가 떠 있긴 했다. 배경이 문제였다. 뿌연 대기 위에 뜬 정오의 해는 활기를 잃었다.

"아무래도 요즘 한국은 미세먼지 때문에."

수희는 말끝을 흐리며 잘 정리한 서류를 책상에 올려놓고 공손히 물러설 준비를 했다.

수희는 한국에 투자하는 건으로 회의 차 방문한 페냐 회장을 전담 수행할 요원으로 특별히 선택되었다. 항간엔 회장이 직접 수희를 뽑았다는 말도 있었다. 수희는 믿지 않았다. 차라리 스페인어나 포르투갈어를 잘하고 성향도 좀 더 활달한 사람이 어울릴텐데. 일면식도 없는 나를 왜 직접?

"움 모멘또 세뇨리타. 포르 파보르."

막 나서려는 수희를 멈추게 한 스페인어.

페루 출신 할머니에 브라질인 아버지와 한국인 어머니 사이에서 태어난 페냐 회장. 그는 확실히 아시아보다는 남미 성향이 강해 보였다.

임시로 머무는 사무실에 TV를 크게 틀어놓고 시도 때도 없이 축구 경기를 보았고, 때론 브라질에서 가져온 기타를 들고 노래를 부르기도 했다. 수희가 뒤를 돌아보자 회장은 옆에 기대어 놓았던 기타를 들고 노래를 불렀다.

'이런, 기타 치며 노래를 부르는 회장님이라니!'

현란한 기타 솜씨는 아니지만 남미 특유의 그루브가 살아 있는, 그야말로 낙천성이 묻어나는 소리였다.

수희는 옆에서 페냐의 솜씨를 지켜보며 미소를 지었다.

냉정히 말하자면 사업가보다 사기꾼 쪽에 더 어울리는 캐릭터다. 수희는 짧은 시간이었지만 이 사내가 싫진 않았다. 물론 철이 없어 보이긴 했지만. 그것도 아주 많이.

페냐는 스페인어 노래를 한 곡 부른 후 계속 기타를 연주했다.

뭔가를 흥얼거리며 수희를 한동안 빤히 쳐다보았다.

내가 바다라면 당신은 태양이겠네.

수희는 어눌한 한국어로 막 지어 부른 듯한 노래를 들으며 픽 웃었다. 만면에 웃음을 띠었지만 마음을 다잡아야겠다고 수희는 생각했다. 남미 남자들은 모두 바람둥이라며.

내 옆에 있는 태양이 나은 것 같아.
저 밖에 걸린 희뿌연 해보다도.

페냐의 엉터리 노래는 계속되었고 수희는 조금 난감한 표정으로 서 있었다.
갑자기 페냐는 장난스러운 기타 연주를 칼같이 멈췄다. 넓은 특실 안으로 예고도 없이 정적이 몰려왔다.
"우리는 태양을 많이 봐왔지.
정말 한 올의 어둠도 남기지 않을 만큼 강렬해.
그게 지나쳐서 거긴 사건 사고도 빈번하지.
저녁이 되면 우리는 노래를 불러.
어둠과 소리는 한 몸이거든.
거기에 차가운 물은 그들의 형제.
밤이어도 어둠이 깊이 스미지 않으니 노래를 불러.
그리고 마지막엔 첨벙 물에 빠져드는 거지.
그 노래는 저 해처럼 희뿌연 모습이면 안 되는 거야.

강하고 힘 있게 불러야 태양을 완전히 식힐 수 있지.
그럼 우린 잠을 잘 수 있거든."

말을 마친 페냐는 거만하게 고개를 들더니 가만히 기타를 내려놓았다.

그러곤 책상에 턱을 괴고 눈을 감았다.

'며칠밖에 안 되었는데도 그 태양이 그립단 말이지.'

수희는 생각했다. 그 모습이 리오의 해변 선베드에서 햇살을 맞고 있는 것만 같다고.

"당신이 곁에 있는 동안은 그런 빛을 느꼈지."

수희는 힘없이 고개를 저었다. 글쎄요. 제가 과연 그런 사람일까요?

수희는 싱거운 미소를 지으며 방을 나왔다.

다음날 페냐 회장은 그렇게도 그리워하던 태양을 보러 브라질로 떠났다. 모든 임원과 직원이 나와 페냐를 환송했다. 페냐 회장은 수희를 보며 번개처럼 윙크를 했다. 그리고 이어진 들릴 듯 말듯한 소리.

"오, 나의 태양."

그의 스페인어를 수희는 어렵지 않게 추측할 수 있었다.

너는 나의 빛이 되고
당신이 빛날수록 나의 습기는 사라진다.
그저 뜨겁게 하는 빛이 아닌

보이지 않는 세계를 드러내는 빛이 되길.

우연히 페냐 회장이 거느린 그룹사의 홈페이지를 보던 수희는 프런트 페이지 문구를 페냐 회장이 직접 쓴 것임을 직감했다.

'단순한 말장난은 아니었구나.'

정말 태양의 힘이 오늘의 페냐를 있게 한 건지도 몰랐다. 내가 과연 페냐의 말대로 빛과 같은 사람일까? 지금 저기 떠 있는 현실의 태양보다도? 사람들의 마음속을 파고들 수 있을 정도로?

하긴 언젠가 사진도 찍고 글도 쓰면서 자신을 정리해보고 싶었다. 그렇게 나만의 빛을 밝혀보고 싶었다. 그 빛이 나의 구석진 어딘가를 비출 수 있다면 얼마나 좋을까?

수희는 퇴근길에 음악을 검색했다. 페냐는 혼자 기타를 치며 노래를 불렀는데 그중 기억나는 멜로디가 있었다. 낯선 브라질 음악 속에서 그 노래를 찾을 수 있을까?

스마트폰이 수고스럽게도 수만 곡의 브라질 음악을 검색하여 수희 눈앞에 들이밀었다. 모든 노래를 다 들어볼 순 없었다.

색과 형태에 민감한 수희는 음악을 듣는 대신 사진으로 떠 있는 앨범 재킷을 열심히 들여다보았다. 리드미컬하게 스크롤하던 그녀의 긴 검지가 갑자기 멈췄다.

푸른 바다가 펼쳐진 사진이었다. 강렬한 태양과 당당히 쌍을 이룰 만한 넓고도 깊은 바다였다.

\<Girl from Ipanema\>

소박한 기타 반주에 이어지는 노래.
수희의 확신대로 노래를 클릭하자 어디선가 들어본 적이 있는 익숙한 멜로디가 흘러나왔다.
페냐의 목소리는 아니었지만 그처럼 노래를 부르는 여자의 목소리 또한 꾸밈이 없었다. 수희는 잠시 눈을 감고 볼륨을 올렸다.
사뿐히 치맛자락을 움켜쥐고 이파네마 해변을 걸어오는 수희.
어느새 그을린 팔을 드러내며 뜨거운 햇살을 쬐던 페냐는 수희를 보자마자 베드에서 몸을 일으켜 조금은 과장된 몸짓으로 인사를 건넨다.
그의 인사를 받을까 말까.
짧은 노래가 끝나는 동안 수희는 고민 아닌 고민을 했다.

 작가의 말 - 리플리

이파네마는 브라질 리우데자네이루의 한 지역입니다.
안토니우 카를루스 조빙이 작곡한 노래 〈이파네마에서 온 소녀〉는 이 도시를 배경으로 했습니다.
작열하는 태양 아래 푸르른 이파네마 해변에서 자신의 마음속 밝은 빛을 다시 찾길 바라는 마음을 전합니다.

고양이는
답을 알고 있다

수의학 전공 대학생 미선 님의 사연
이제 곧 본과 1학년이 돼요. 돌이켜보면 지난 2년 동안 아무것도 한 게 없어요.
공부를 열심히 한 것도, 제대로 놀아본 것도 아니고. 연애도 그래요.
같은 과 남자친구와 연애 중인데 좋아하는 감정은 오래전에 식었고
사람들 눈치 때문에 관계를 유지하는 느낌이 들어요.

"안녕?"

미선이 자취방 옥상에 올랐을 때 먼저 자리를 잡은 이가 있었다. 처음 보는 삼색 고양이였다. 낯선 이를 딱히 경계하지 않고 빤히 바라보는 고양이의 모습에 미선은 저도 모르게 인사를 건넨 것이다. 그녀는 자신의 엉뚱한 행동에 혼자 큭큭 웃었다.

"안녕."

미선은 화들짝 놀라 주변을 둘러보았다. 그러나 어둠이 내려앉은 옥상에는 미선과 고양이 외엔 아무도 없었다.

미선은 미심쩍은 표정으로 삼색 고양이를 바라보며 물었다.

"혹, 혹시 네가 대답한 거니?"

고양이는 딱히 대답할 필요가 없다는 듯 멀뚱히 쳐다봤다.

"여긴 어쩐 일이야? 여기서 다른 사람을 보는 건 처음이야."

고양이가 말을 하다니…. 너무 놀란 미선은 간신히 마음을 가라앉혔다. 따져보면 세상에 놀랍고 신비롭지 않은 일이 어디 있겠어. 그러니 말하는 고양이가 한 마리쯤 있어도 딱히 놀랄 일은 아닐 것이다.

"그냥, 답답해서 나와 봤어. 밤바람이라도 쐬려고."

"무슨 일 있니?"

"그렇진 않아. 곰곰이 따져보면 딱히 이유는 없는데, 괜히 답답해서, 그런 날 있잖아."

"내가 도움이 될지도 몰라. 난 모든 답을 알고 있는 고양이거든."

미선은 피식 웃었다.

"모든 답을 알고 있다고?"

"쉽게 입증할 수 있는 방법이 있어. 비웃으며 되묻는 건 그 방법이 아니야. 질문을 던져봐."

미선은 살짝 당황했다.

"미안, 널 비웃을 생각은 없었어. 좋아, 그럼… 1 더하기 2가 뭔지 아니?"

다시 한 번, 고양이는 미선을 빤히 바라보았다.

"대화가 가능할 만큼 지적 수준이 서로 비슷하다고 믿지 않는다면, 우리는 계속 대화를 이어갈 수 없어."

미선은 다시 한 번 사과했다. 그제야 그녀는 조금 진지하게 생각한 후 입을 열었다.

"난 성인이 되고 2년이 지났어. 그 시간 동안 뭘 했는지 모르겠어. 이뤄놓은 게 아무것도 없는 것 같아서 겁나. 어떻게 해야 할까?"

"인간의 평균수명은 80세 이상이야. 기술과 의학이 발전하면서 평균수명이 점점 더 늘어나고 있지. 게다가 넌 태어나서 10년 이상의 기간을 배우고 익히는 데 보냈어. 너의 '진짜 삶'은 이제부터 시작이야. 후회하며 보내기엔 너무 일러."

미선은 깜짝 놀랐다. 놀랄 만큼 뻔했지만 질문에 맞는 대답이기 때문이었다.

"그게 정답이니?"

"이미 모든 답을 알고 있는 고양이라고 소개했을 텐데. 네가 그걸 부정하고 싶다면, 논증을 하거나 더 많은 데이터를 축적한 뒤로 미루는 게 어때?"

제법 까칠한 고양이였다.

"좋아, 그렇다면… 난 너 같은 고양이와 다른 동물들을 치료하는 공부를 하고 있어. 몇 년 내로 진로를 선택해야 해. 개인 병원을 차려서 편히 돈을 벌거나, 연구소에 취직해서 하고 싶은 일을 하거나, 아니면…."

"당연히 수십, 수백 가지 다른 길이 있겠지. 하지만 넌 너의 자리를 선택하는 게 아냐. 너의 자리를 발견하는 것뿐이지. 그 기회는 누구에게나 와. 결코 초조해할 필요는 없어."

미선은 의구심으로 미간을 찌푸린 채 고양이를 바라보았다.

"남 일이라고, 너무 쉽게 말하는 거 아냐?"

"모든 문제의 답은 간단해. 사람들이 그걸 어렵게 만들 뿐이지."

미선은 고양이에 대한 특별한 기대를 버리기로 마음먹었다. 그러자 온갖 질문들이 술술 나왔다. 물론 고양이 또한 막힘없이 대답했다.

"2년간 사귄 남자친구가 있어. 난 이제 감정도 식었고, 정리하고 싶은데…."

"정리해."

"하지만 CC라서 같은 학과 사람들 눈치도 보이고…."

"그들 중 누구도 네 인생을 책임지지 않아. 너도 그들 인생을 책임져줄 건 아니잖아?"

"내가 나쁜 년인가?"

"응. 나쁜 년이야. 하지만 아무렴 어때? 고작 남들에게 나쁘게 보이지 않으려고 남들이 원하는 대로 살 거야?"

"무언가를 하기 전에 안 될 이유부터 찾게 돼. 현실적인 걸까, 겁이 많은 걸까?"

"둘 다 아닌데? 질문이 잘못 됐을 뿐이지. 될까, 안 될까가 아니라 한다, 안 한다야."

"난 다른 사람의 감정을 잘 모르겠어. 내가 이상한 걸까?"

"말이나 글쓰기나 그림 그리기처럼, 사람의 감정을 느끼고 공감하는 데에도 훈련과 연습과 경험이 필요해. 넌 얼마나 많은 사람을 만나봤고 얼마나 많이 깊은 대화를 나눠봤고 얼마나 많은 상처를 받아봤니? 충분하다고 생각하니?"

"하지만 나랑 같은 나이에도 남들은 나보다 감정이 풍부할걸."

"노래는 소름 끼치게 잘 부르는데 수학문제는 잘 못 푸는 사람도 있어. 충분히 깊은 생각을 할 줄 아는 사람이 남의 감정을 파악하는 데에는 다소 둔할 수도 있지. 수학은 죽을 때까지 못하는 사람이 많지만, 다행히 사람의 감정은 수학보다는 익히기 쉬워."

"하지만 '정답'이 그렇게 쉬울 리가…."

"그만!"

고양이의 그 작은 몸에서 터져 나오는 커다란 고성에, 미선은 입을 다물었다.

"이제 그만 질문해."

"넌 답을 알고 있는 고양이잖아?"

"맞아. 하지만 네가 수천 번 더 질문한다고 해도, 내가 할 수 있는 답은 딱 한 가지뿐이야."

"그게 뭔데?"

"제발, 그냥, 해!"

그때 옥상에 또 한 명이 올라왔다. 주인집 아주머니였다.

"옥희야, 여기 있었네? 웬일이니, 혼자 집 밖엘 나와 있고."

주인집 아주머니는 삼색고양이를 옥희라 부르며 품에 안았다. 미선은 꾸벅 고개를 숙이고, 내려가려는 아주머니에게 물었다.

"저, 그 옥희라는 고양이… 원래 말할 줄 아나요?"

아주머니는 피식 웃었다.

"세상에 고양이가 어떻게 말을 해요?"

미선은 자신의 멍청한 질문이 부끄러워 얼굴을 붉혔다.

옥상 문을 나서는 아주머니의 어깨너머로 옥희가 고개를 빼꼼 내밀고 '야옹' 하고 울었다.

이상하게도 미선의 귀엔 '안녕' 하는 인사로 들렸다.

 작가의 말 - 취백

생각은 짧게, 행동은 빠르게!
너무 깊이 생각하다 보면 앞으로 나아가지 못할 수 있어요.

거짓된 행복을
만들어드립니다

광주에서 네일숍을 운영하는 선경 님의 사연
어머니께서는 나를 키우며 늘 "남들 눈에 보기 좋게"라는 말을 많이 하셨죠.
진학할 때도, 직업을 선택할 때도, 심지어 결혼식마저.
딱히 하고 싶은 것도 없던 내가 어머니의 행복을 깰 이유 따윈 없었습니다.
'사랑하는 이'라는 수식어가 붙은 사람들의 기대대로 살면 된다고 생각했죠.
바로 투명인간이 되는 겁니다.

사실 하고 싶은 게 없다.

왜 없냐고 묻는다면 모르겠다. 그냥 없다.

사람들은 항상 좋고 싫음을 분명히 하라고 하는데 나는 오히려 무언가를 그렇게까지 좋아하거나 싫어할 수 있다는 게 신기하다.

나는 아무 맛 안 나는 물과 같다. 물은 어떤 음식과도 어울린다. 한식, 중식, 일식, 양식, 무엇이든. 물과 같은 나는 아주 약간의 조미료만으로도 나 자신을 없앨 수 있었다.

남들 보기 좋게. 마치 꽃등심에 박힌 눈꽃 같은 마블링처럼 기름지든 말든, 건강에 좋든 안 좋든, 그저 남들 눈에 좋게 보이기 위해 엄마는 나를 사육했다.

진학할 때도 직업을 고를 때도 결혼식마저도 남들 시선과 기준에 맞춰 A급은 못 되더라도 B급까지는 맞춘 것 같다.

B급이 되는 게 너무나도 힘들고 고되었다면, 아무것도 원치 않는 나는 모든 걸 버리고 포기했을지도 모른다. 내겐 그만큼의 시련과 고난마저도 견뎌낼 힘이 없다.

다행히도 그건 별로 힘든 일이 아니었기에 엄마가 가리키는 방향으로, 엄마가 선택해주는 방향대로 나아갔다. 그렇게 평생을 타인의 잣대로만 살다 보니 나는 완벽하게 사라졌다.

싫다고 맞설 용기가 있었다면 좀 다르게 살았을까? 그런데 그 용기도 뭔가 하고 싶은 게 있어야 생겨나는 것이다. 답도 없으면서 싫다고 맞서는 것은 그저 반대를 위한 반대일 뿐.

아무것도 원치 않는 내가 원하는 대로 해봤자 나는 공허하고 엄마는 불행할 터이다. 남 눈치 열심히 보는 엄마 뜻대로 하면 나는 공허하지만 엄마는 즐거울 테니까. 공리주의자인 나는 둘 중 하나라도 행복한 쪽을 택했을 뿐이다.

투명인간이 되는 가장 쉬운 방법은 문제를 일으키지 않는 것이다. 남들이 원하는 대로 사십 평생을 살았더니 가끔은 이런 생각이 고개를 든다.

'마음 어딘가가 허전해요. 지금 내 모습이 내가 아닌 것 같아요. 진짜 나 자신을 찾고 싶어요.'

하지만 나는 답을 안다. 사실 진짜 나 자신은 없다는 것을.

나 자신을 못 찾아서 허전한 게 아니라 나 자신이 없다는 것 자체가 허전한 거다.

맛있는 음식을 못 먹어서 허전한 게 아니라 무엇을 먹어도 맛을 못 느껴서 허전한 거다.

나는 이 허망함을 안고 살아가야 하리라.

마땅히 죽을 이유가 없으니까.

 작가의 말 - 약뺀꽃게

보통 사람들처럼 해피엔딩이 아닌 현실적 묘사를 원하는 분이어서 기억에 남습니다.
세상은 사람들에게 꿈을 가지라고 말하지만 종종 꿈이 없다는 사람들을 만납니다.
그들은 스스로 뭔가 잘못됐다고 생각합니다.
그런데 꿈이 없다고 자책하며 자신을 싫어하는 마음이 더 큰 문제가 아닐까요?
꿈이 없어도 괜찮습니다.
언제나 스스로를 소중히 생각하며 현실에 충실하다 보면 자연스럽게 꿈은 생길 수 있어요.

시실리

부산에 사는 직장인 가영 님의 사연
최근 불안에 시달려요.
많은 20대가 갖고 있는 불안감인데 요즘 들어 심해졌어요.

 힐링 이벤트를 준비하던 가영은 더 먼 곳으로 차를 몰았다. 처음으로 자신이 맡게 된 행사였기에 가영은 욕심을 부리지 않을 수 없었다. 가면 갈수록 숲은 더욱 풍성해졌다. 행사하기 더 좋은 곳을 찾아 계속 차를 몰았다.
 그때 뭔가를 발견했다. 지도상에도 없는 마을 이름을.
 오래된 나무판자에 적혀 있는 그 이름.

 '시실리(時失里) 5킬로미터'

 시실리? 이탈리아의 섬 이름 같기도 했고 언젠가 보았던 영화 제목이 떠오르기도 했다.

5킬로미터를 더 달리니 아주 작은 마을이 나타났다. 낮은 언덕 위로 작은 오두막이 보였다.

꼭 한번 가보고 싶었던 부탄의 마을이 떠올랐다.

가영은 차에서 내려 오두막으로 다가갔다. 저런 오두막에서 행사를 꾸민다면 참 좋겠다는 생각을 하며.

오두막 문은 열려 있었지만 사람은 없었다.

저녁 준비를 하러 간 걸까.

부엌에서 기분 좋은 냄새가 풍겨왔다. 고소함과 단내가 섞인, 딱히 어느 나라 음식인지 분간하기 어려웠다.

"아가씨, 잠시 기다려. 내가 줄 게 있어서. 아주 잠깐이면 돼."

할머니의 목소리가 가영의 등 뒤에서 들려왔다. 가영은 목소리가 난 방향으로 몸을 돌렸다. 하지만 아무도 없었다. 오두막 밖 언덕 뒤에서 난 소리일까.

텅 빈 오두막에 홀로 남은 가영은 이럴 때면 습관적으로 만지작거리던 스마트폰을 찾았지만 없었다. 방전 직전이어서 차량 충전기에 꽂아 둔 채로 차에서 내린 것이다.

할머니를 기다리는 동안 가영은 초조해졌다.

직장 동료들이 기다리고 있을 텐데.

하지만 할머니의 정감 어린 목소리를 떠올리니 도저히 그냥 떠날 수가 없었다. 가영은 창가에 마련된 안락의자에 앉았다.

마치 가영을 기다린 듯한 의자.

멀리서 두 사람의 대화가 들려왔다.

숲을 울리며 들리는 이국의 언어는 유쾌했다.

한번은 할머니의 목소리, 그 목소리에 답하는 할아버지의 목소리가 번갈아가며 들렸다.

노래를 주고받듯 반복된 음률.

그 소리를 듣고 있으니 스르르 눈이 감겨왔다. 지금껏 불안감에 시달리는 동안 영혼은 불안에 잠식되어갔다. 하지만 불안이 사라지자 이 빠진 접시가 다시 매끈한 원으로 돌아가는 것만 같았다.

몸과 마음에 있던 모든 것이 둥글둥글해지고 모난 것들이 무뎌지더니 뾰족한 뭔가가 사라졌다.

그것들이 내 마음을 쿡쿡 찔러왔던 걸까?

내 안에 있지만 위치도 모양도 성분도 알 수 없는 것들이 또렷이 느껴졌고, 그것들이 빠르게 변하는 것까지도 느껴졌다.

갓난아기의 크림 같은 살결, 먹구름을 슬며시 밀어낸 장난기 어린 햇살, 햇살에 적당히 온기를 품은 친절한 바닷물, 피부에 닿는 순간 몸 안으로 스며드는 착한 바람.

세상에 존재하는 부드럽고 따뜻하고 유연한 것들이 자신이 최고라는 걸 인정받기 위해 앞다투어 가영에게로 밀려 들어왔다.

어느 순간 눈이 떠졌다.

아! 내가 잠시 잠이 들었구나.

아주 오래 잠든 것 같은데 다행히 아직 햇살이 눈부셨다.

할머니는 꿈에서 나타났던 걸까.

정말 이 오두막에 계셨던 걸까.

어디서부터 현실인지 어디까지가 꿈인지 가영은 알 수 없었다. 시계가 없으니 어느 정도 시간이 흘렀는지 가늠할 수도 없었다.

다만 태양은 시간에 따라 움직이는데 이곳의 태양은 물론 모든 풍경이 그대로인 느낌이었다.

불안해야 정상인데 이상하게 마음이 편안했다. 문득 할머니가 줄 게 있다는 말이 떠올랐다. 어렴풋이 알 것도 같았다. 할머니가 뭘 주려고 하셨는지.

가영은 오두막을 나와 자신의 차로 돌아갔다.

이럴 수가!

분명 2시 59분경에 차를 세웠는데 이제야 차 계기판의 시계가 오후 3시를 가리켰다.

충전이 끝났어야 할 스마트폰도 여전히 충전 중이었다.

가영은 뭔가에 홀린 듯 시실리를 빠져나왔다. 그리고 결심했다.

이곳을 사람들이 붐비는 이벤트 장소로 만들지 않기로. 대신 오늘 일을 콘셉트로 힐링 행사를 기획하기로 했다.

가영이 기획한 2시 59분의 힐링 행사는 큰 성공을 거두었다.

영원히 가지 않을 것 같은 1분 동안 사람들은 허무하게 보내버린 지난 십 년을 떠올렸다고 했다. 그리고 앞으로 맞이할 십 년이 행복할 것 같은 예감이 들었다고.

행사를 모두 마치고 집으로 돌아온 가영은 생각했다.

할머니께서 주시겠다고 한 건 뭐였을까?

그것이 무엇이든, 확실히 가영은 뭔가를 받았다고 느꼈다. 그렇기에 그 비밀스런 마을을 함부로 세상에 알릴 순 없었다.

자신을 닮은 누군가도 힘든 세상사에 지쳐 그 언덕 위 오두막에서 아주 길고 긴 1분짜리 선물을 받게 될지도 모르니까.

 작가의 말 - 리플리

단순한 위로보다는 불안한 경험을 통해 한 단계 더 성숙해지기를 바라며 이 글을 썼습니다. 가영 님은 문화 콘텐츠 관련 일을 한다고 했는데, 이번 소설이 작은 위로이자 불안을 털어낼 실마리가 되면 좋겠습니다!

어쩌면 살면서
한 번은 있어야 하는 일

•
부산에 사는 콘텐츠 크리에이터 영은 님의 사연
수능 전날 걸음이 꼬여 넘어지는 바람에 오른팔을 다쳤어요.
수능 시험에 집중하지 못해 당연히 결과도 별로 좋지 못했어요.
이후 저 자신을 미워하게 되었어요.

"어쩐지…. 요즘 떡이랑 엿이 많이 보이더라."

편의점 밖에 진열된 떡 포장지의 '힘내! 이제 고지가 보여!'라는 수험생 응원 문구를 곱씹으며 판매대 앞을 한참이나 서성이던 영은은 다시 발걸음을 옮겼다. 터벅터벅 걷는 걸음이 갈수록 무거워졌다.

수능.

고등학생이 치르는 마지막 시험. 청소년 시기의 마지막 대단원. 찍은 문제 하나둘에 대학 간판이 바뀌는 관문. 숱한 수식어 중에서 그녀 마음에 드는 것은 하나도 없었다.

빨간불이 깜박이는 신호등 앞에서 영은은 계속 상념에 빠져들었다. 영은은 벌써 8년 전에 수능을 봤다. 지금까지 자신을 괴롭히는 자기 증오의 시작점이 된 날이기도 하다.

예비소집일이 있던 그날, 다른 아이들과 마찬가지로 영은은 내일 치를 시험 장소를 찾아 자신의 자리를 확인했다. 불편한 건 없는지, 책상 안에 다른 물건은 없는지, 꼼꼼히 살펴보며 괜스레 책상 모서리를 손으로 쓸어보았다. 3년간의 노력을 쏟아부을 자리이기에 가슴이 두근거리고 긴장이 됐다. 그래서였을까. 돌아오는 길에 영은은 자기 발에 걸려 교문 내리막길에서 크게 넘어지고 말았다.

철퍽!

너무 큰소리로 넘어진 탓에, 교문에 있던 학생들의 시선이 일제히 영은에게 쏠렸다. 도와줄까 말까 고민하는 시선, 자신을 보며 수군거리는 목소리. 간간이 비웃는 소리까지 얼마나 생생하게 들리는지 영은은 귀까지 새빨갛게 달아올라 몸을 일으키는 순간 아릿하게 저리는 오른팔에 등골이 오싹해졌다.

내일이 수능인데.

번뜩 스치는 생각에 영은은 급히 택시를 잡아타고 병원으로 갔다. 택시 뒷좌석에 앉아 오른손을 확인하고서야 피가 많이 흐르고 있다는 걸 알게 된 영은은 그제야 뚝뚝 눈물을 흘렸다.

병원에 다녀온 뒤 집안은 거의 초상집 분위기와 다름없었다. 자신의 노력을 누구보다 가까이에서 지켜봤기에 당연했다. 어떻게 할 도리가 없었다. 잠들기 전, 영은은 차라리 이게 전부 꿈이기를, 아니면 내일 기적처럼 고통이 없어지기를 수백 번 빌었다. 하지만 그런 일은 일어나지 않았다. 고통은 사라지지 않았고 약 기운에 잠이 몰려왔다. 손등을 물어뜯으며 간신히 잠을 참고 문제를 풀었지만 결국 원하던 대학에 입학하지 못했다.

<u>흐흐흑!</u>

자신이 너무 미웠다. 누군가에게는 즐거운 대학생활이 영은에게는 실수를 상기시키며 자신을 혐오하는 시간이었다. 3년간 피나는 노력을 했는데 한순간의 실수로 물거품이 되었으니 어떻게 자신을 미워하지 않을 수 있겠는가. 그렇게 영은은 대학생활 내내 자신을 탓하며 보냈다. 자기혐오가 그림자처럼 따라다녔다. 영은은 마침내 교내에 있는 심리상담센터를 찾았다.

"어서 오세요. 무슨 일로 찾아오셨나요?"

머뭇거리는 영은에게 자연스레 의자를 권유해 자리에 앉힌 상담사는 편안한 미소를 지으며 차를 준비하러 갔다. 영은은 고개를 끄덕이며 무슨 말부터 꺼내야 할지 생각을 정리했다. 딱히 크게 뭔가를 바라고 간 게 아니라 단지 속을 털어놓을 곳이 필요했던 것뿐이었다. 가족에겐 미안한 마음에, 친구들에겐 혹여 이해받지 못할 것이 두려워 감히 말하지 못했다. 상담사는 카모마일 티백이 둥둥 떠다니는 하얀색 머그잔을 영은에게 건네며 물었다.

"무엇을 도와드릴까요?"

"…그냥 왜 내가 나를 싫어하게 됐는지를 말하고 싶어서요."

"그래요, 영은 씨는 왜 자신을 싫어하나요?"

양손을 깍지 끼고 턱을 살포시 얹은 상담사가 부드러운 미소를 짓자, 영은은 눈물과 함께 천천히 입을 열었다. 수능 전날 자신이 얼마나 어이없는 실수를 했는지. 그로 인해 자신을 얼마나 자책하고 미워했는지. 또 사람들의 시선이 얼마나 두려운지. 상담사가 눈을 내리깔고 두어 번 고개를 끄덕이다 잠시 찻잔을 매만지더니 입을 열었다.

"그래요. 정말 힘들었겠군요…. 열아홉 살의 영은 씨는."

"…."

"하지만 영은 씨, 지금 당장은 힘들지 몰라도 비온 뒤에 땅이 굳는 것처럼 언젠간 그 기억이 영은 씨에게 도움이 될지도 몰라요."

영은은 무슨 말도 안 되는 소리인가 싶었지만 이미 펑펑 울어 창피한데 더 창피한 꼴을 보이고 싶지 않아 서둘러 고개를 끄덕이고 자리에서 일어났다. 너무 울어버린 탓에 화장은 지워지고, 얼굴은 새빨갛게 달아올랐다. 가슴은 여전히 두근거리지만 정신은 맑아왔다.

"저, 신호 바뀌었어요."

"…아, 감사합니다."

깊은 상념에 빠져 있던 영은은 현실로 돌아와 발걸음을 옮겼다. 8년이라는 긴 시간이 흘렀음에도 완전히 자신을 용서할 수가 없었다. 19년 동안 아무 일 없이 잘 걷다가 하필 그날 그곳에서 제 발에 걸려 넘어졌는지 지금도 이해할 수 없으니까.

하지만 돌이켜보면 그날이 있었기에 사회생활을 하며 말로 하기 힘든 별의별 일을 다 겪어도 금방 일어날 수 있었다. 열아홉 살의 자신은 지금도 밉지만, 그날이 없었다면 오늘의 나도 없었을지 모른다.

어쩌면 그때 그 일은 상담사의 말처럼 자신을 더 단단하게 만들기 위해 내린 아주 커다란 소나기가 아니었을까.

 작가의 말 – 상강

절체절명의 순간에 실수한 경험은 누구나 한 번쯤 있을 거예요.
이제는 스스로에 대한 미움을 털어버리고, 더 단단한 사람이 되기 위한 과정이었다고 생각해보세요.

2장

미래 혹은 꿈

부산 서면의
취업준비생
진원 님

**왼쪽 손목의
테이핑**

딱,
너만큼

약학 전공 대학생 혜진 님의 사연
대학에서 글쓰기를 배우고 싶었지만 집안 형편상 약사가 되기 위해 이과를 선택했어요.
두 갈래의 길 중 가지 못한 길에 대한 아쉬움이 남네요.

K는 동네 약국을 운영하는 약사였다. 작은 규모였지만 그나마도 부모님의 무리한 지원으로 개원한 곳이었다. 처음에는 예상보다 수익이 나지 않았다. 이러다 부모님의 노후 자금을 죄다 까먹겠다 싶어 불면증까지 얻었다. 그러나 1년여 동안 성실하고 친절하게 운영한 덕분인지 최근엔 수익이 제법 궤도에 올랐다.

지난달엔 처음으로 수입의 일부를 떼어 부모님께 드렸다. 지원받았던 금액을 매달 갚아나가겠다는 결심도 밝혔다. 부모님은 그럴 것까진 없다고 말했지만, 내심 기뻐하는 기색이었다.

한가한 토요일 저녁, 마감 시간이 다가오고 있었다. 미리 뒷정리를 시작한 K의 휴대폰에 메시지가 도착했다.

'20분 뒤에 도착해요.'

B였다.

아직은 약국 운영에 집중하겠다며 몇 번이고 사양했지만, 부모님의 성화에 마지못해 나간 맞선 자리에서 만난 남자였다. 과묵하고 무뚝뚝해 보였지만, 뜻밖에 섬세한 배려로 감동을 주는 남자였다. 외모는 닮지 않았지만 왠지 모르게 대학생 때 부모님 몰래 만났던 첫 연애 상대를 떠올리게 했다. 오늘은 그와 저녁 약속이 있는 날이었다. 다음 주 주말에 K의 부모님께 정식으로 인사를 드릴 계획이라 미리 만나 준비를 하려는 것이다.

'딸랑딸랑.'

손님이 들어왔다. K는 싫은 기색 없이 잠시 뒷정리를 멈추고, 늘 그렇듯 친절하게 손님을 맞았다.

"어서 오세요."

"기침약 있나요?"

K는 자세한 증상을 물은 뒤, 딱 알맞은 약을 찾아왔다.

"연질 캡슐이라 이게 가장 효과가 빠를 거예요."

손님은 어깨에 멘 묵직한 가방을 내려놓은 뒤 지갑을 꺼내 뒤적거렸다. 그동안 K는 자리에 서서 천천히 상대를 훑어보았다.

30대 초반, 자신과 동년배로 보이는 여자였다. 화장기 없이 약간 피로한 얼굴이었지만, 다른 이의 시선을 신경 쓰지 않는 당당함과 스스로에 대한 확신이 느껴졌다. 어딘지 친숙하게 느껴지는 모습을 보며 K는 빙그레 미소 지었다. 아름다운 여자구나.

마지막 손님이 떠난 후, 마저 뒷정리를 하던 K는 의자 위에 놓인 가방을 발견했다. 방금 마지막 손님이 두고 간 모양이었다. 급히 문 밖을 살펴봤지만 그녀는 보이지 않았다. 어떡하지? 이제 문 닫을 시간인데. B가 도착할 때까지 남은 몇 분 동안 자신의 실수를 깨달은 손님이 돌아오길 바라는 수밖에 없었다.

약사 가운을 벗고 의자에 앉은 K는 주인 잃은 가방 사이로 비어져 나온 두터운 원고를 발견하고는 저도 모르게 원고를 꺼내 읽어보았다.

그것은 소설 원고였다. 요즘 시대에 보기 드물게 연필로 직접 쓴 원고였다. 원고를 뒤적이며 K는 오랫동안 상념에 빠졌다.

한때는 K도 작가를 꿈꿨다. 약대를 다니면서 부모님의 결사반대를 무릅쓰고 국문과를 복수 전공했고, 결국 지원이 끊겨 그녀의 생애 중 가장 혹독한 2년을 보내야 했다. 과외 아르바이트와 학업을 병행하면서도 경제적 여유 없이 2년이 지났다.

문학에 대한 열정은 거짓말처럼 식어버렸다. K는 백기를 들었다. 부모님은 그럴 줄 알았다는 듯 혀를 끌끌 차며 지원을 재개했고, 그들의 바람을 충실히 따라간 K는 오늘에 이르렀다.

만약 그때 끝까지 포기하지 않았더라면 지금의 나는 어떤 모습일까? 그 이후로 수백 번도 더 떠올려봤지만 애써 지우려 했던 질문이다.

경험해보지 못한 기억들. 경험해보지 못한 행복. 손쓸 틈도 없이 사라져버린 기회를 생각하면 미칠 듯이 안타까웠기 때문이다.

'빵빵!'

상념에 잠겨 있던 K는 깜짝 놀랐다. 어느새 B가 자신의 차를 몰고 약국 앞에 도착해 있었다. 평소처럼 무뚝뚝한 얼굴의 그가 와이퍼를 한 번 움직여 인사했다. 그의 엉뚱한 재치에 K는 쿡쿡 웃었다.

어떤 길이 최선이었는지 알 수 없지만, 그래도 지금 이 길을 선택해서 다행이다. 지금도 충분히 행복하니까.

"그건 뭐야?"

주인 잃은 가방을 들고 조수석에 올라탄 그녀에게 B가 물었다.

"손님이 두고 간 건데, 중요한 거 같아서. 내일은 약국 열지도 않는데…. 어디 근처 파출소에라도 맡길까 봐."

B는 선선히 그러자고 하며 근처 파출소를 검색했다. 그동안 K는 가방의 주인을 알려주는 물건이 있을까 그 안의 내용물을 꺼내 보았다.

자신의 것과 비슷한 빨간 장지갑을 열어본 그녀는 그 안의 신분증을 확인하고 소스라치게 놀랐다.

K의 얼굴과, K의 이름. 그것은 그녀 자신의 신분증이었다.

* * *

K는 인기 작가였다. 사실 작가 앞에 '인기'라는 수식어가 붙은 지는 얼마 되지 않았다. 지난 10여 년 중 절반 이상은 작가 지망생이었고, 남은 시간 중 또 절반 이상은 무명 작가였다. 그러고도

몇 년간 이어진 '그냥 작가'의 시간을 보내고 나서야, 그녀는 마침내 인기 작가가 되었다.

K는 가끔 그 칭호가 이상하다고 생각했다. 지망생 시절이나 지금이나 그녀는 그저 쓰고, 고치고, 또 쓰고, 고치는 걸 반복했을 뿐이다. 달라진 건 없지만 그때는 10원 한 푼에도 벌벌 떨어야 했고, 지금은 달마다 어이없을 만큼 큰 금액의 인세가 들어온다. 지금 그녀의 글에 열광하는 저 많은 사람들은 그전엔 어디에 숨어 있었던 걸까?

물론 나쁠 건 없었다. 얼마 전엔 그녀의 오랜 연인 B를 데리고 백화점에 가서 고급 정장을 맞춰줬고, 호화로운 음식점에 데려가 배불리 밥을 먹였다. 지난 수년간 변변찮은 벌이가 없었던 자신 때문에 전적으로 데이트 비용과 생활비를 부담했던 그에 대한 미안함과 고마움의 표시였다. B는 이렇게까지 무리할 필요는 없다고 했지만, 내심 기뻐하는 기색이었다.

토요일 저녁, K는 신작 원고를 마무리했다. 밤을 꼬박 새울 각오를 하고 있었는데, 예상보다 훨씬 수월하게 진행됐다. 동거 중인 B가 다가와 그녀의 어깨를 감싸 줬었다.

"벌써 끝냈어?"

수년 전 하숙비를 내지도 못할 만큼 생활고에 몰렸던 '작가 지망생' K는 B의 권유에 못 이기는 척 동거를 시작했고, 스스로 생활하기에 경제적으로 풍족한 지금까지도 지속되고 있었다. B는 요새 프러포즈를 준비하고 있다. 거짓말에 서툰 그의 속내가 다

들여다보였지만, K는 짐짓 모르는 척했다.

B는 그녀의 첫 번째 팬이었다. 당시 운영하던 블로그에 올리던, 아무도 제대로 읽어주지 않던 그녀의 습작들에 열정적인 반응을 보이던 유일한 독자였다. 내심 고마움을 느끼던 차에 그가 먼저 식사를 제안했고, 당연한 수순인 양 두 사람은 사랑에 빠졌다. 그는 과묵하고 무뚝뚝해 보였지만, 뜻밖에 섬세한 배려로 감동을 주는 남자였다. 외모는 닮지 않았지만 왠지 모르게 대학생 때 부모님 몰래 만났던 첫 연애 상대를 떠올리게 했다.

"응, 끝났어. 이제 보내려고."

"편의점 갈 거지? 같이 갈까? 드라이브도."

K는 요즘 작가답지 않게 육필 원고를 고집했다. 덕분에 완성된 원고는 늘 편의점의 팩스를 통해 보내야 했다.

"요 앞인데 드라이브는 무슨. 걸어서 다녀올게. 며칠이나 틀어박혀 있었는데 운동도 할 겸."

집을 나선 K는 가을 저녁의 맑은 공기를 맘껏 들이마시다, 그 말미에 몇 번 기침을 했다. 그러고 보니 오늘따라 기침을 자주 했다. 혹시 감기에 걸린 걸까? 그렇다면 곤란하다. 원고는 완성됐지만, 출판사에서 수정을 요구할지도 몰랐다. 미리미리 대비하는 게 좋다. K는 먼저 약국에 들러 약을 사먹기로 했다.

동네 약국은 K가 기억하는 것보다 훨씬 가까이 있었다. 여기에 약국이 있었던가? 의아했지만, 새로 개업했나 보지 뭐, 간단히 결론 내리고 약국에 들어섰다.

'딸랑딸랑.'

"어서 오세요."

약사가 친절한 태도로 그녀를 맞았다.

"기침약 있나요?"

"그냥 기침만 나오는 건가요? 목이 아프거나 열이 나지는 않고요?"

약사는 몇 번 더 자세하게 증상을 물은 뒤 맞는 약을 찾기 시작했다. 그동안 K는 자리에 서서 찬찬히 약사를 훑어보았다.

30대 초반, 자신과 동년배로 보이는 여자였다. 화려하기보다 단정한 느낌의 연한 화장에, 몸짓 하나하나에 세심함과 따뜻함이 묻어 나오는 듯했다. 어딘지 친숙하게 느껴지는 모습을 보며 K는 빙그레 미소 지었다. 아름다운 여자구나.

기침약을 사들고 집으로 향하는 길, K는 상념에 빠져들었다. 한때는 그녀도 약대에서 공부했다. 부모의 뜻을 따른 것이었다.

생각보다 쉽게 적응해 학업은 수월했지만, 얼마 지나지 않아 K는 고민에 빠졌다. 별 의심 없이 자신의 길이라고 생각했던 약사의 길에 의구심이 든 것이다. 약사라는 꿈은 내 선택이 아니라, 부모님의 선택을 내 의사라고 착각한 건 아닐까?

그녀는 부모님의 결사반대를 무릅쓰고 국문과를 복수 전공했고, 결국 지원이 끊겨 그녀의 생애 중 가장 혹독한 2년을 보내야 했다. 과외 아르바이트와 학업을 병행하면서도 10원 한 푼의 여유도 없이 2년이 지났다.

문학에 대한 열정은 거짓말처럼 식어버렸다. 그러나 K는 끝끝내 백기를 올리지 않았다. 활활 타오르는 열정 대신, 고집과 끈기로 자신의 길을 계속 걸었다. 졸업 후에도 정식으로 취직하는 대신 과외든 뭐든 닥치는 대로 일하며 생활비를 벌었다. 집에 돌아오면 밥을 목에 넘기기도 힘겨울 만큼 피곤했지만, 잠자는 시간을 쪼개가며 글을 썼다. 그리고 오늘에 이른 것이다.

아예 연을 끊을 듯 노발대발했던 부모님도 요새는 K를 인정한 듯 먼저 연락해 오기도 했다. 다음 주 주말엔 B를 데리고 함께 부모님을 찾아가 인사드릴 예정이다.

그러나 오늘 자신과 비슷한 또래의 약사를 만나고 나니, 새삼 자문하게 된다. 만약 그때 부모님의 뜻을 따라 약사가 됐다면 지금의 나는 어떤 모습일까? 수백 번 떠올려봤지만 애써 지우려 했던 질문이다. 경험해보지 못한 기억들. 경험해보지 못한 행복. 손쓸 틈도 없이 사라져버린 기회를 생각하면 미칠 듯이 안타까웠기 때문이다.

"금방 왔네?"

B는 앞치마까지 두르고 저녁상을 차리고 있었다. 그 커다란 덩치에 어울리지 않게 앙증맞은 곰돌이 무늬 앞치마를 입은 모습에 K는 쿡쿡 웃었다.

어떤 길이 최선이었는지 알 수 없지만, 그래도 지금 이 길을 선택해서 다행이다. 지금도 충분히 행복하니까.

"원고는?"

B는 K의 빈손을 가리키며 물었다.

"원고?"

"가방 말이야. 자기 가방 들고 나가지 않았어?"

혼란에 빠져 있던 K는 퍼뜩 정신을 차렸다.

"약국에 두고 왔나봐!"

B는 두말하지 않았다. 평소엔 둔한 곰이었는데 급한 상황에선 기민한 여우 같았다. 그의 억센 손아귀에 손목을 잡혀 끌려가면서도 K는 작은 만족감을 느꼈다. 내가 남자 하난 잘 골랐지.

약국은 굳게 닫혀 있었다. B는 불 꺼진 약국 안을 들여다보았다. 연락처라도 찾을 수 있지 않을까 싶은 모양이었다.

"놔둬. 월요일에 찾으면 돼."

"오늘까지 보내기로 한 원고라며?"

"그렇긴 한데…. 어쩔 수 없잖아. 편집자한테 잔소리 좀 듣지, 뭐."

B는 그래도 포기할 수 없다는 듯 다시 한 번 약국 안을 들여다보았다.

잠시 후, B는 손짓으로 K를 가까이 불렀다. 기묘한 표정이었다. 심상찮은 기색에 덩달아 긴장하며, 그녀는 그의 손가락이 가리키는 걸 확인했다.

약국 한쪽 벽에 걸린 약사 면허증이었다. 겨우 그것에 놀란 건 아닐 것이다. 시간이 지나자, 어둠에 눈이 익어 좀 더 자세히 보였다. 그리고 K는 소스라치게 놀랐다.

면허증 안에는 K의 사진과, K의 이름이 있었다. 그것은 자신의 면허증이었다.

＊＊＊

약사 K는 B의 차에서 내렸다. 급히 자신의 약국으로 되돌아온 길이었다. 약국 앞에는 작가 K와, 그녀의 연인, 그리고 또 다른 B가 서 있었다.

서로의 모습을 확인한 B들은 크게 놀란 듯했다. 입은 옷 외에 머리카락 하나 다르지 않은 서로의 모습을 뜯어보고, 어머니의 이름을 묻고, 출신 초등학교를 맞춰보는 등 난리법석을 떨었다.

반면 두 K는 거리를 두고 서서 조용히 서로를 바라볼 뿐이었다.

잠시 후, 먼저 다가간 약사 K가 가방을 건넸다.

"여기. 중요한 거지…요?"

목소리마저 똑같았다. 왜 아까는 이토록 서로 같다는 사실을 인지하지 못했을까?

"고마워."

작가 K는 '요' 자를 붙여야 하나 짧게 고민했지만, 결국 자기 자신인데 새삼 예의를 차릴 필요가 있을까 싶었다.

"결국 작가가 됐구나."

"넌 약사가 됐고."

두 K는 서로에게 웃어주었다. 자기 자신만큼 말이 잘 통하는 사람이 있을까?

"묻고 싶은 게 있어."

"나도 알아."

"너, 지금 행복하니?"

질문을 받은 작가 K는 손에 쥔 원고와, 아직도 저쪽에서 난리를 피우는 B, 그러니까 아직도 곰 무늬 앞치마를 입고 있는 자신의 B를 바라보다가 말했다.

"응. 더할 수 없을 만큼 행복해."

그리고 작가 K는 되물었다.

"너는 어때? 행복하니?"

자신의 약국과 B를 번갈아보던 약사 K도 대답했다.

"응."

그녀는 자신의 말을 긍정하듯 고개를 끄덕이고 다시 말했다.

"딱, 너만큼 행복해."

순간, K와 B가 연기처럼 사라졌다. 이제 그곳엔 한 쌍의 K와 B만이 남아 있었다.

아무 일 없었던 것처럼, B가 그 무뚝뚝해 보이는 얼굴로 다가와 K의 어깨를 감싸 안았다.

"무슨 얘기했어?"

"그 애도 더할 수 없이 행복하대."

B는 "그래?" 하고 다정하게 말할 뿐 더 이상 묻지 않았다.

K는 또 다른 그녀가 절대 경험해보지 못할 자신의 기억들을 소

중하게 여기기로 새삼 다짐했다. 또, 자신이 절대 경험해보지 못할 삶을 살아갈 또 다른 K가 계속해서 행복하길 바랐다.

"딱, 나만큼."

 작가의 말 – 취백

얻는 게 있으면 잃는 게 있는 것이 인생의 이치겠지요.
선택에 따라 경험해보지 못한 일들을 굳이 아쉬워하거나 희구할 필요는 없을 것입니다.
어떤 선택을 하더라도, 딱 당신만큼만 행복할 테니까요.

그다지 쓸모없는 초능력

투자사에 근무하는 기현 님의 사연
한 달에 한 번 3분간 자신이 원할 때 상대방이 내 머리를 읽을 수 있도록 하는 것과, 패키지 배낭여행에서 돈도 잃고 길도 잃었을 때 일어나는 일을 써주세요.

컴퓨터 화면에서 '바르셀로나 패키지 배낭여행-만 원'이란 글자가 깜빡이는 것을 보았을 때, 낯선 두 단어의 조합에 놀랐다. 이내 새로운 가능성을 깨닫곤 몸을 떨었다. 그즈음 나는 시간이 날 때마다 여행사 홈페이지에 들어가서, 세부의 푸른빛 바다, 모스크바 바실리 성당의 아름다운 전경, 이과수 폭포 너머로 흘러내리는 무지개나 하와이의 끝없는 모래사장, 고비 사막의 낙타부대 같은 것들을 살피는 것이 취미였다.

모니터 너머로 낙타의 속 깊은 눈동자와 시선을 마주칠 때마다, 나는 지금 이곳이 아닌 어딘가에 있기를 간절히 바랐다. 어디든 여기가 아닌 곳, 일상과 생계가 언제나 그림자처럼 눈에 밟히지 않는 곳. 새파란 여름 하늘을 배경으로 고풍스러운 건물들이 늘어선 바르셀로나의 풍광은 '여기가 바로 거기'라고 말하는 듯했다.

그래, 여기가 바로 거기야. 모든 조건이 운명을 말하고 있었다. 나는 이 확신에 의심과 불안이 끼어들기 전에 재빨리 신용카드를 꺼내 들었다.

그로부터 정확히 두 달 후, 나는 바르셀로나로 향하는 비행기 안에서 활주로를 내려다보고 있었다. 출발이 어느덧 목전에 다가와 있었다.

"안녕하세요."

내가 바르셀로나 여행 책자를 꺼내고 있는데, 옆자리에 앉아 있던 사람이 내게 말을 걸었다. 그는 내 여행 가이드 책을 가리키며 말했다.

"그거 조금만 봐도 돼요?"

"네? 아, 네."

"저도 바르셀로나 가거든요."

그는 내 책을 받아 들어서 여행 팁 페이지를 휴대폰 카메라로 촬영하고는, 계속 페이지를 넘겨보면서 말했다.

"이 책 사고 싶었는데 시간이 없었어요. 이거 좋은 책으로 유명해요. 아셨어요?"

"네…, 뭐."

그는 책을 돌려주지 않고 계속 내게 말을 걸었다. 나는 그가 빨리 입을 다물고 책을 돌려줬으면 좋겠다고 생각했다. 보통 이런 생각은 속으로만 하기 마련이지만….

나는 원한다면 그에게 내 의사를 전달할 수 있었다. 심지어 초면에 심한 말을 하는 사회적 부담을 감수할 필요도 없었다. 나의 능력은 아주 단순했다. 한 달에 한 번, 딱 3분 동안, 내 머릿속의 생각을 상대방이 읽게 만들 수 있다. 지금 결정하기만 한다면, 옆자리의 이 사람은 곧 나의 속마음을 알게 될 것이다.

하지만 나는 그러지 않았다. 나의 속마음을 알게 된다고 해서 그가 바로 민망한 표정을 지으며 입을 다물고 내게 책을 돌려주리란 보장은 없었다. 이 초능력은 대개는 쓸모가 없다.

나는 어차피 이륙할 때가 되면 승무원들이 테이블을 접으라며 대화를 끊어주겠지 싶어 잠깐 기다렸다. 내 생각은 적중했다. 난 돌려받은 책을 접고 자는 척을 했다. 곧 비행기는 구름 위로 올라가 꿈의 도시를 향해 비행을 시작했다.

꿈의 도시, 바르셀로나.

나는 새파란 하늘과 여유로운 거리 풍경을 떠올렸다. 곧 여행지에서 일어날 절망적인 해프닝 따위는 생각조차 하지 못했다.

나는 바르셀로나 시가지 한가운데 망연히 선 채로, 그토록 꿈꾸던 맑고 푸른 하늘을 올려다보면서 스스로에게 되물었다. 걱정했다면, 뭔가가 달라졌을까?

지갑과 휴대폰을 포함한 귀중품이 전부 들어 있는 손가방을 어디선가 잃어버렸다는 사실을 깨달은 건, 내가 동서남북도 모르는 골목길에서 30분쯤 헤맨 뒤였다. 배낭여행의 자유로움이 출발하기 전엔 장점처럼 보였다. 하지만 이런 상황에 부딪히니 단점이 아닐 수 없었다. 주변에선 온통 낯선 타국의 언어만 들려왔고, 영어 표지판이 있어도 길을 알 수 없었다. 나는 지구 반대편에서 국제 미아가 되고 만 것이다.

가진 거라곤 주머니에 넣어두었던 동전 몇 푼뿐이었다. 비상용으로 따로 빼놓았던 돈과 카드는 모두 숙소에 있었다. 나는 할 수 없이 골목을 따라 걷고 걷고 또 걸었다.

예전에도 이런 적이 있었던 것 같았다. 나는 데자뷔를 경험하는 듯한 기분이 들었다.

나는 아무런 생각도 할 수 없는 길 위에 서서 막연히 옛날을 떠올렸다. 그날, 햇살은 뜨겁고, 눈앞은 가물거리고, 멀리서 두 쌍의 분홍색 풍선이 날아가는 것을 보았던. 어린아이에겐 세상의 끝처럼 여겨지는, 거대한 놀이동산의 한가운데. 모두가 즐겁게 웃고 있는데 홀로 불안해한다는 건 지독히 외로운 일이었다. 일곱 살의 미아는 놀이동산 한가운데서 외로움을 배우고 있었다.

'엄마, 날 찾아줘. 나 여기에 있어.'

나는 머릿속으로 소리를 질렀다. 그날, 내가 회전목마 옆에 서서 외로움을 배웠던 날은, 동시에 내가 기묘한 능력을 하나 갖고 있다는 사실을 깨달은 날이기도 했다. 내가 머릿속으로 소리를 지르기 시작한 지 얼마 안 되어 엄마가 회전목마의 테두리를 따라 뛰어왔다. 다가온 엄마는 놀란 표정을 짓고 있었다.

"네 목소리가 들렸어."

엄마는 회전목마의 반대편에 서 있었다고 했다. 나는 내가 그때 이상한 능력을 발휘했음을 직감했다. 그 후 몇 번 더 실험해보았지만, 한동안 아무런 일도 일어나지 않아 시들해졌다. 이 능력이 한 달의 간격을 필요로 한다는 걸 안 건 그로부터 몇 달이 흐른 후였다. 3분의 시간제한에 대한 것도 얼마 뒤에 알게 되었다.

바르셀로나의 골목길에서, 나는 똑같이 미아가 된 채로 그때의 기억을 떠올렸다. 손 안에 든 게 없고 말도 통하지 않는다면 놀이동산의 일곱 살 미아와 다를 바가 없었다. 나는 자조적으로 웃으면서 근처의 벤치에 주저앉았다. 슬슬 다리가 아파왔다.

이 수동적인 텔레파시는 그 자체로 구조신호와 같다. 응답할지 말지는 오롯이 상대방의 결정에 달려 있고, 나는 처분을 기다리는 것 말고는 할 수 있는 일이 없다. 그렇다면 이건 대체 무엇을 위한 능력인 걸까?

어쩌면 좁고 답답한 사무실 안에서, 언젠가 어디론가 떠나기를 기다리며 사는 것이 나의 운명이었을지도 모른다. 나서지 말고, 행동하지 말고, 그저 가만히 앉아서 누군가 발견해주길 기다리는 것. 그것이 나의 초능력이고 나의 인생이었을지도.

나는 마지막으로, 거의 자포자기한 심정으로 머릿속으로 말을 걸어보았다.

'있잖아요, 저는 여기 있어요. 절 발견해주세요.'

"앗."

그때, 멀리서 어디선가 들어보았던 목소리가 감탄사를 내뱉었다. 나는 반사적으로 고개를 돌렸다. 그곳에, 비행기 옆자리에서 재잘거리며 짜증나게 굴었던 그 사람이 서 있었다. 그는 반가운 표정을 지으며 다가왔다.

"어디서 익숙한 목소리가 들려서 왔는데…. 정말 신기한 우연이네요!"

"…."

"괜히 반갑네요, 말 통하는 사람을 보니…. 지금 뭐 하고 있었어요?"

나는 대답하지 못했다. 대신 순간적으로 눈물이 핑 돌았다. 발견되기를 원하는 순간에 발견된다는 건, 얼마나 흔치 않은 기적일까? 내가 갑자기 울음을 터뜨리는 바람에, 눈앞에 있던 그는 당황스러운 표정을 지었다.

"아니, 왜, 왜 그래요?"

"…괜찮, 괜찮아요."

나는 손을 내저었다. 그 사람은 어쩔 줄 몰라 하면서 한동안 나를 달래주었다.

그는 내가 진정하고 나서야, 내가 어떤 상황이었는지 듣고는 깔깔 웃었다.

"진짜 깜짝 놀랐잖아요."

그랬을 거라고, 나도 함께 웃었다. 어쨌든 나는 그 사람 덕분에 무사히 숙소로 돌아올 수 있었다. 그리고 무사히 패키지 배낭여행의 다음날을 맞이했다. 삶이 끝났다고 생각하는 순간에 다시 삶이 이어지는 것처럼, 여행이 망했다고 생각하는 순간에도 여행은 이어진다.

쓸모없는 초능력도, 가끔씩은 쓸 데가 있었다.

 작가의 말 - 호네시

흔히들 상대의 생각을 읽는 초능력을 생각하기 쉬운데 상대가 내 생각을 읽도록 하는 초능력이라 조금 낯설었어요.
특히 '초능력'이란 게 보통 누군가에게 영향을 끼치고 변화를 만드는 서사 속에서 등장하기 마련인데, 이 초능력은 굉장히 수동적인 느낌이 들어요.
초능력자나 히어로가 나오는 이야기는 신나고 재미있지만, 사실 저희 삶의 대부분은 뭔가를 하기보다는 뭔가를 당하는 순간들로 이루어진 게 아닌가 싶어요.
그런 상황에서도 계속 무언가를 하려고 노력하면서 이어지는 게 삶이 아닐까 하는 생각이 듭니다.
패키지 배낭여행이란 게 딱 이런 삶에 관한 메타포가 아닐까요? 정해진 틀 안에서 최대한 자유롭게 움직이려고 노력하는 것, 이것이 '패키지 배낭여행'이라는 기묘한 합성어의 의미인 것 같습니다.
여러모로 흥미로운 소재의 조합이었습니다.

글자의
나라

●
분당의 학원강사 효진 님의 사연
오전에는 유치원에서, 오후에는 학원에서 초등학생을 가르쳐요.
제 꿈은 동화작가인데 요즘은 도통 글쓰기가 힘들어요.
헤밍웨이의 《파리는 날마다 축제》에서 '첫 문장이 솔직하지 않으면 글로 치지 않는다'라는
말이 나오는데, 진심으로 공감해요.

그 나라는 글자로 만들어졌단다. 다양한 색깔의 글자를 이어 붙여 건물을 만들었고, 기계나 탈것들을 만들었으며, 가구도 만들고, 옷과 장신구 같은 것들도 만들었단다. 글자가 없으면 할 수 있는 게 아무것도 없는 것이나 마찬가지였지. 그렇다고 글자를 한꺼번에 잔뜩 만들 수도 없었단다. 그러자면 기계 같은 걸로 만들어야 할 텐데, 글자로 만들어진 기계로는 도저히 쓸 만한 글자를 만들 수가 없었던 게지. 그럼 무엇으로 만드느냐고?

사람이란다. 사람의 손으로 정성껏 한 자 한 자 써 내려가야만 글자가 만들어졌단다.

시간이 흐를수록 건물도 늘고, 물건도 늘어갔지. 그래서 글자가

필요한 곳도 늘어났단다. 하지만 글자의 수는 점점 줄어만 갔어. 글자를 만들어내는 사람들이 나날이 줄어갔기 때문이지. 사람의 삶과 마음은 점점 황폐해져 갔단다.

그래서 나라에선 고심 끝에, 모든 사람에게 정해진 양만큼의 글자를 만들어 매달 납부하라는 법을 만들게 되었어. 법을 어기는 사람은 누구든 재판을 받게 되었단다. 왜 글자를 만들지 않는지 이유를 듣고 그에 따라 벌을 받게 했던 것이지. 그러자 벌을 받기 싫었던 사람들은 열심히 글자를 만들기 시작했어. 그렇게 몇 년간은 나라 안의 글자가 넉넉했단다. 하지만 곧 글자는 다시 부족해지고 말았던 거야. 글자로 만들어야 하는 것들이 더 많아졌기 때문이냐고? 아니, 또다시 글자를 만들어내는 사람들이 줄어들고 말았기 때문이란다. 그리고 벌을 주기 위한 재판은 매일 열리게 되었지.

-땅, 땅, 땅!

검은색 글자들이 높게 쌓이고 쌓여 누가 앉아 있는지 얼굴도 보이지 않는 곳에 재판장이 앉아 판사봉을 내리친 순간이었단다. 갈색 글자로 만들어진 의자에 앉아 있던 배심원들이 일제히 입을 다물었지. 그 엄숙한 분위기 한가운데 오늘의 피고인, 효진이 서 있었어.

많이 긴장한 효진은 작게 한숨을 내쉬며 자신의 손에 걸려 있는 수갑을 내려다보았단다. 수갑은 은색의 글자들로 만들어져 있었어. 그걸 무의식적으로 읽어가던 효진의 눈이 갑자기 반짝였단다. 은색으로만 만들어진 수갑에 딱 하나 샛노란 글자가 섞여 있었거든. 위화감이 느껴졌지. 아무래도 잘못 섞여 들어간 것 같은데, 어쩐지 낯설지 않은 글자. 그것을 발견한 순간, 검은색과 빨간색의 글자들로 만들어진 법복을 입은 검사가 자리에서 일어났단다. 그리고 피고석에 서 있는 효진을 가리키며 모두를 향해 말했단다.

"피고 효진은 꾸준히 많은 글자들을 만들어왔습니다. 단순한 글자도 있었고 복잡한 글자도 있었습니다. 동화의 모양을 한 것, 수필의 모양을 한 것, 소설의 모양을 한 것도 있었습니다. 어느 것 하나 부족한 것이 없었습니다. 그런데 최근 1, 2년은 단 하나의 글자도 납부하지 않고 있습니다. 그래서 오늘 이 자리에 섰습니다."

검사의 말이 끝나자 판사가 물었지.

"어째서 지금은 글자를 만들지 않나요?"

효진은 말했어.

"무서웠어요."

판사가 물었지.

"무엇이 무서웠나요?

효진은 답했어.

"내 글자를 본 사람들이 참 별거 없네, 하고 실망할까 봐요."

그때 잠시 자리에 앉아 있던 검사가 다시 일어나서 말했단다.

"그동안 피고가 써왔던 글자들이 어땠는지 모아왔습니다. 이것을 존경하는 재판장님과 배심원 여러분께 증거로 제시합니다."

검사가 책상 가득 모여 있는 글자들을 판사와 배심원들에게 돌리는 동안 효진은 계속해서 말을 이어나갔단다.

"위로가 되는 글자를 만들고 싶었어요. 깨달음을 주는 글자를 만들고 싶었어요. 제가 다른 글자를 보면서 위로와 깨달음을 얻었던 것처럼. 하지만 그럴 수가 없었어요."

판사가 물었지.

"왜 그럴 수 없었나요?"

효진은 말했단다.

"마음이 너무 괴로웠어요. 전 제 마음에 솔직한 글자를 만들고 싶었어요. 보면 괴로워지는 글자는 만들고 싶지 않았어요. 행복해지는, 위로가 되는 글자를 만들고 싶었어요."

다시 판사는 물었지.

"왜 마음이 괴로웠나요?"

효진은 답했단다.

"일이 힘들었어요. 모든 기력을 쥐어짜내야만 했어요. 그래서 일이 끝난 후엔 탈진해서 아무것도 할 수가 없었어요. 글자 같은 건 만들 수 없었어요. 1년 반 정도 일을 쉬어도 봤지만 여전히 글자는 만들 수 없었어요."

말이 이어질수록 효진은 슬퍼졌단다. 더는 앞을 보고 있기가 힘들어졌지. 그래서 저도 모르게 바닥으로 떨어져 내리는 시선 속에, 어째선지 은색 수갑에 잘못 섞여 들어간 샛노란 글자가 다시 들어왔단다. 작아서 쉽게 읽을 수도 없는 글자인데, 이상하게 마음에 걸리는 그걸 가만히 보고 있을 때였지. 문득 판사가 '아!' 하고 감탄사를 내뱉었단다.

효진이 판사를 올려다보았단다. 검사도 판사를 올려다보았단다. 배심원들도.

판사는 모두의 시선에도 아랑곳하지 않고, 방금 전 검사가 증거로 제시한 효진의 글자들을 만지작댔단다.

"참 고운 글자들이로군요."

마침 배심원들도 증거를 받아 들었단다. 그리고 다들 웅성거리기 시작했지.

"예쁘다."

"너무 예뻐."

"이렇게 예쁜 글자를 만들 수 있는데 왜 만들지 않는 거지?"

"어, 나 이 글자 본 적 있어. 지금 우리가 앉아 있는 이 의자야."

"나도 본 적 있어. 우리 집 벽을 만든 글자야."

"내가 여기까지 타고 온 버스에도 있었어."

그때 검사도 한마디 거들었단다.

"피고 효진의 글자는 재판장님께서 앉아 계신 저 자리도 만들었습니다. 나라에서 가장 아름다운 글자만 뽑아서 만든 자리입니다."

—탕, 탕, 탕!

문득 판사봉이 우렁차게 울렸고, 웅성대던 배심원들은 다 함께 입을 다물었지. 판사는 물었단다.

"피고는 글자를 만드는 동안 행복했나요?"

효진은 한참 동안 생각했어. 그리고 답했지.

"행복했어요. 그래서 더 잘하고 싶었어요. 하지만 잘하려고 할수록 점점 아무것도 할 수 없게 됐어요."

판사는 천천히 말했단다.

"내가 앉아 있는 이 의자에는 누군가를 향한 위로나 감사 같은 고운 글자도 있지만, 누군가의 비명이나 눈물 같은 아픈 글자도 있어요. 공감받는 글자도 있지만 그렇지 못한 글자도 있지요. 누군가의 기쁨도 있고 두려움도 있어요. 어떤 건 둥글둥글 어여쁘지만 어떤 건 딱딱하게 각이 져 못나기도 했지요. 그럼에도 하나같이 아름다운 글자들이랍니다. 이 중 하나라도 부족했다면 이 의자는 곧 균형을 잃고 쓰러지고 말 테죠. 모두가 소중한 글자들이에요."

효진은 한없이 높게 쌓여 있는 판사석의 글자들을 눈으로 훑어보았단다. 판사가 말한 아름답고 소중한 글자들 속엔, 정말로 효진의 글자가 있었단다. 오래전 아주 흡족하게 만들어낸 글자였지. 그것만이 아니었단다. 시간에 쫓겨 급하게 만들 수밖에 없었던 글자도 있었단다. 왜 이렇게밖에 못 썼냐며 자책한 글자도 있었어.

"분명 지금 이 순간 피고의 가슴에 글자가 피어나고 있을 거예요. 그 글자를 우리에게 보여주는 것이 본 법정의 결론입니다."

—탕, 탕, 탕!

마지막으로 판사봉이 한 번 더 울렸고, 효진은 다시 한 번 손목에 걸린 수갑 속 노란 글자를 보았단다. 거기엔 이렇게 적혀 있었지.

'작가 효진.'

그제야 왜 그 글자가 익숙했는지 효진은 기억해냈단다. 태어나 처음, 노란색 크레파스로 삐뚤빼뚤 만들었던 글자. 바로 그것이었거든.

 작가의 말 – 잠꼬대

잘하고 싶은 마음이 있으니까, 걱정도 하고 위축도 되는 거라고 생각합니다.
힘든 시간들이지만 분명 앞으로 나아가기 위한 제자리걸음일 거예요.
아무도 모를 수도 있고, 어쩌면 자기 자신마저 잊고 잊을지도 모르지만, 누구보다 열심히 노력하며 살아왔다는 것, 그러한 시간이고, 역사라는 것.
스스로도 잊어버렸을지도 모를 그 노력들을, 그럼에도 누군가는 기억하고 있을 것입니다.
부디 이 글이 조금이라도 위로가 되기를.

시

부산에 사는 직장인 정숙 님의 사연
우연히 쓰게 된 시 쓰기에 흠뻑 **빠져** 살고 있습니다.
병원에 입원했을 때 시를 쓴 게 전시된 적 있는데 정말 기뻤어요.

언제부턴가 정숙은 시를 쓰기 시작했다. 시가 무엇인지 설명할 수는 없었다. 하지만 정숙은 자신이 쓰는 글이 시라는 걸 알았다. 연필과 공책이 없어도 정숙은 휴대폰 메모장을 켜고 엄지로 자판을 두드려 한 줄씩 시를 썼다.

우연한 기회로 정숙은 집 근처 문화회관 평생학습센터에서 시 창작 수업을 들었다. 시인은 정숙에게 단어와 문장, 비유와 상징, 은유와 직유, 상징과 암시, 반어와 역설을 가르쳤다. 정숙은 시인에게 배운 대로 단어를 꾸미고, 문장을 짓고, 운율을 맞추고, 추상적인 감정을 선명한 심상으로 만들었다. 한 편의 시를 문구점에서 산 예쁜 켄트지 위에 연필로 한 글자 한 글자 정성 들여 썼다.

어느 날 정숙은 많이 아팠다. 의사는 정숙에게 수술을 권했다. 정숙은 하얀 벽과 푸른 커튼에 둘러싸인 병실 침대에서 지내야 했다. 흰 가운 차림의 의사와 간호사가 정숙을 돌봤다. 가끔 반가운 지인들이 정숙의 병실에 들러서 제철 과일과 비타민 음료를 놓고 갔다.

사람들이 모두 떠난 뒤, 정숙은 예전 자신이 켄트지에 썼던 시를 읽어보았다. 왠지 남이 쓴 글처럼 낯설게 느껴졌다. 꾸며 쓴 것 같고 진실하지 않아 보였다. 정숙은 시의 제목 아래 적혀 있는 자신의 이름을 지우개로 지웠다.

드디어 퇴원 날이 잡혔다. 퇴원하는 날 아침, 정숙은 자기 자리의 침대 시트를 정리하고 담요를 곱게 접어 흰 베개 옆에 놓았다. 옷가지와 짐을 챙겨 1층 원무과에 들러 퇴원 수속을 마쳤다.

마지막으로 병원 현관을 나서려던 정숙은 뭔가 놓고 온 듯 찜찜한 기분이 들어 다시 병실로 돌아갔다. 정숙은 침대 옆의 서랍장 맨 위 칸을 열었다. 그 안에는 반으로 접힌 켄트지가 있었다. 정숙은 그대로 서랍을 닫고 자리를 떠났다. 남의 물건 같아서 챙겨갈 수가 없었다.

정숙은 퇴원 후 곧바로 일상으로 돌아왔다. 평일에는 일을 하고 휴일에는 교회에 갔다. 사람들을 만나고 정신없이 지내다 보니 하루, 일주일, 한 달이 금방 지났다. 여전히 정숙은 일상의 틈새에서 휴대폰 메모장을 켜고 엄지로 자판을 두드려 한 줄씩 글을 적었다. 예전에는 자신이 적는 글이 시라고 생각했는데, 이제는 잘 모르겠다. 중간에 쓰다 만 시들이 정숙의 휴대폰 안에 쌓여갔다.

 어느 날 정숙의 지인이 병원에 입원하는 일이 생겼다. 지난번 정숙이 입원한 병원이었다. 정숙은 비타민 음료 박스를 손에 들고 병원을 찾았다. 오랜만의 방문이다. 병원은 그사이 간판이 바뀌고 현관도 완전히 달라져 있었다. 문화행사가 있는 날이어서 병원 로비가 많이 붐볐다. 간이로 만든 무대 위에서 통기타를 멘 가수들이 노래를 불렀고, 로비의 벽을 따라 이젤 위에 올려둔 그림액자들이 여러 점 전시되어 있었다.

 정숙의 지인은 병실 침대에 누워 링거를 꼽고 있었다. 다행히 많이 아파 보이지는 않았다. 정숙은 지인과 서로 안부를 물었다. 정숙은 얘기를 하던 중간에 우연히 침대 옆의 서랍장을 보았다. 정숙은 슬쩍 서랍장 맨 위 칸을 열었다. 서랍 안엔 아무것도 없었다. 정숙은 아무 일 없었다는 듯 금방 다시 서랍을 닫았다. 잠시 후 정숙은 지인과 인사하고 병원 로비로 내려갔다.

 이제 통기타 가수들은 보이지 않았다. 무대 주변은 아까보다 한산했다. 환자와 방문객 들은 로비 벽에 전시된 그림액자를 구경하고 있었다. 정숙도 로비 벽면을 따라 천천히 걸으며 그림액자를 구경했다.

 벽면에 전시된 그림들은 현관까지 이어져 있었다. 사람들은 현관에 다다르자 그림을 건성으로 보고 밖으로 나갔다. 정숙도 액자들을 가볍게 눈으로 훑었다. 그러다 현관 가까이의 어느 액자 하나가 유난히 정숙의 눈에 들어왔다. 정숙은 그 액자 가까이로

다가갔다. 액자 속에는 그림 대신 한 편의 시가 꽂혀 있었다. 켄트지 위에 정갈한 연필 글씨로 쓰인, 지은이의 이름은 알 수 없는 시였다.

 작가의 말 - 오튼

인터뷰 중 정숙 님이 제게 보여준 시를 읽고 많은 영감을 받았습니다.
저도 모르게 따뜻한 무언가가 제 안에 가득 차오르는 걸 느꼈습니다.
나중에 기회가 된다면 정숙 님의 시를 더 읽을 수 있으면 좋겠습니다.

왼쪽 손목의
테이핑

부산 서면의 취업준비생 진원 님의 사연
취업을 앞두고 고민이 많아요.
무엇보다 내가 충분히 노력했는지 자신이 없네요.
저에게 힘을 주세요.

영어회화 공부에 뜻을 둔 사람이라면 반드시 피해야 할 장소가 있다. 그곳은 바로 부산의 '서면몰', 일명 서면 지하상가다.

서면교차로에서 베이직하우스 매장까지 이어지는 지하도는 가히 영어학원 광고의 최전방 전쟁터라 할 수 있다.

YBM, 파고다, 월스트리트 등 전국구 영어학원 소속 스타 강사진의 프로필 사진을 모두 여기, 서면지하도의 원형기둥 광고판에서 볼 수 있다.

얼핏 봐도 숍에서 비싸게 했을 것 같은 헤어스타일의 여자 강사들은 딱 붙는 정장 핏을 자랑하며 자신감 있는 눈빛과 표정을 뽐냈다. 그들의 사진을 보고 있자면 당장 저 학원에 뛰어 가서 상담부터 받아봐야겠다는 생각이 들고 마는 것이다. 더군다나 그런

학원이 한두 군데가 아니다.

아직 지하도를 걷고 있다면 지금이라도 늦지 않았다. 일른 정신을 가다듬고 가까운 지상으로 빠져나가는 계단을 찾아라. 그리고 심호흡을 깊게 하라. 안정을 찾아라.

만약 이 조언을 무시한 채 지하도를 더 걷다가는 종로유학원의 광고판을 보게 될 것이다. 그러면 이미 때는 늦었다. 당신의 고민은 영어회화 프로그램을 알아보는 것에서 시작하여, 이제는 현지 어학연수를 떠나볼까로 이어진다. 어느새 '필리핀이 좋을까, 캐나다나 영국이 좋을까'를 심각하게 고민하는 자신을 발견하게 된다. 얼마나 어처구니없는 상황인가.

이러한 선택의 번뇌와 고통에서 벗어나기 위해 어떤 사람들은 현실과 타협하기도 한다. 즉 위에서 예로 든 어학원 중 한 군데를 눈 딱 감고 찍은 뒤, 월 10회 45만 원의 1:1 원어민 프리토킹 반을 무이자 3개월로 등록한다. 그들은 아마 영어회화와 어학연수의 절충안을 택함으로써 마음의 안식을 찾을 수 있을 거라 기대했을 것이다.

하지만 그들에게 안식은 없다. 이제 그들은 일주일에 2~3회씩, 부산 서면의 모 어학원 소형 강의실에서 난생처음 보는 캐나다인과 책상 앞에 마주 앉아 동성결혼 합헌, 사형제도 찬반, 북핵 문제와 트럼프, 방탄소년단 신드롬에 관해 토론해야 한다. 잠들기 전 그들은 침대에 누워 천장을 보며 나는 누구고 여긴 어딘가 혼잣말을 중얼거리다가 꿈나라로 가겠지.

아 참, 너무 당연한 거라 깜빡하고 얘기 안 했는데 혹시 지금 네이버나 구글에서 '영어회화 인터넷 강의'를 검색할 생각이라면 이 역시 한 번 더 신중을 기하길 바란다.

조정석, 에릭남, 이서진, 지코, 그리고 김영철과 타일러까지…. 당신에게 손을 뻗을 것이다. 당신은 그들의 눈빛과 손짓을 과연 거절할 수 있을까?

"그러면 어쩌라고?"

결국 진원은 오늘 낮에 교보문고에 들러 토익 스피킹 교재를 샀다. 저녁이 되어 집에 돌아온 진원은 책상 위에 교재의 첫 페이지를 펼쳤다. 그러나 글자는 눈에 들어오지 않았다.

외국계 기업들과 거래하는 물류유통회사 취업을 희망하는 진원에게 지금 당장 필요한 것은 자신의 영어회화 능력을 증명할 수 있는 어학점수다. 일단 한 달이든 두 달이든 아니면 그보다 더 오래 걸리든 토익 스피킹과 오픽에서 높은 등급을 만들고, 그걸로 원하는 기업에 취업이 되었다고 치자.

그러면 그다음은 어떡할 것인가. 물론 취직이 됐으니 기쁜 일은 맞다. 근데 실무에 투입되려면 나의 노력이 정말 이걸로 충분하다고 말할 수 있을까? 외국인들과 직접 전화로, 이메일로, 내 월급보다 수십, 수백 배 더 큰 금액의 거래를 이뤄내야 한다. 입장 바꿔서 내가 사장이라면, 과연 나에게 그런 일을 맡길 수 있을까? 외국인들과 부딪히는 실전 경험과 돌발 상황에서의 대처 능력은 대체 어디 가야 배울 수 있을까?

진원은 갑자기 서점에서 토익 스피킹 교재를 구매한 것이 잘한 일인가 싶었다. 인터넷에서 리뷰라도 미리 찾아보고 고를걸, 그냥 표지 보고 필 꽂히는 걸로 골랐는데. 좀 더 신중했으면 좋았을 텐데.

음. 아니다. 답도 안 나오는 거 너무 깊게 생각하지 말자. 지금 눈앞에 있는 일부터 시작하면 되는 거야. 이날 진원은 다른 날보다 오랫동안 샤워를 했다. 자신의 모든 고민이 깨끗하게 씻겨나가길 바라면서.

"아…."

배구 훈련을 하던 진원이 체육관 바닥에 균형을 잃고 쓰러졌다. 코치가 토스해준 공을 받다가 발을 헛디뎌 바닥을 짚은 왼쪽 손목을 삐끗했다. 코치는 진원의 손목에 급한 대로 테이핑을 감아주었다.

"괜찮겠어?"

"네, 괜찮아요."

"그냥 쉬는 게 낫지 않겠어?"

"아니에요, 살살 할게요."

손목이 살짝 아렸지만 참을 만했다. 오히려 손목을 탄탄하게 압박한 테이핑의 감촉에 안도감이 느껴졌다.

몸 풀기 시간이 끝났다. 본게임에 들어가면 라이트 둘째 줄의 수비수, 왼손잡이 진원은 한 세트에 30분씩, 총 90분을 뛸 것이다. 그리고 이 게임에는 중요한 내기가 걸려 있다. 승패에 따라 패자 팀은 승자 팀에게 아이스크림을 사야 한다.

드디어 본게임이 시작되었다. 진원은 아까 다친 왼쪽 손목의 테이핑이 계속 신경 쓰여 다리의 움직임마저 눈에 띄게 느려졌다. 순발력 있게 자세를 낮추는 동작도 잘되지 않았다. 다행히 팀원들은 진원의 부족한 컨디션을 메워줄 만큼 열심히 뛰었다. 상대팀과 점수 차이는 별로 나지 않았다.

경기에 몰입하기 힘들어지자 머릿속에 취업 고민, 아니 인생 고민이 슬그머니 비집고 들어왔다. 누군가 '고민이 많아서 고민입니다'라고 하더니 진원이 정말 그랬다. 머릿속이 뒤죽박죽이었다.

60분이 지나 세 번째, 마지막 세트가 시작되었다. 진원은 경기에 몰입하지 못하는 자신이 한심했다. 잡념을 떨쳐버리기 위해 자세를 더욱 낮추고 상대팀에서 넘어오는 공을 노려봤다. 상대팀은 진원 팀의 왼쪽 구석을 향해 토스를 했고, 그 자리에 있던 진원 팀의 수비수가 공을 받아 높이 띄웠다. 공은 네트 쪽으로 날아가고 있었.

"마이!"

진원이 갑자기 소리치며 앞으로 뛰쳐나갔다. 앞 라인의 같은 팀 공격수들은 진원의 외침에 놀라 고개를 돌렸다. 갑자기 쟤가 왜 저러나 하는 표정이었다. 사실 진원도 자기 목소리가 너무 커서 민망했다. 하지만 이미 엎질러진 물이고 다른 생각을 할 겨를이 없었다.

진원은 네트 앞에서 용수철처럼 튀어 올랐다. 튀어 오른 진원의 다리에서 시작된 동력이 허리로, 허리에서 몸통으로 순식간에 이어 올라갔다. 진원도 그 전기 같은 짜릿함을 온몸으로 느낄 수 있었다. 머리 근처까지 왼손을 감아 올린 진원은 손목 스냅으로 공을 세차게 때렸다.

완벽한 스파이크였다. 공을 때리는 순간의 경쾌한 소리가 체육관을 가득 울렸다. 진원의 왼쪽 손목에 감겨 있던 테이핑은 작게 퍼덕거리는 소리를 내며 풀려버렸다.

놀란 팀원들의 눈이 진원이 때린 스파이크의 궤적을 좇았다. 점프 후 자리에 착지한 진원도 자기 자신에게 놀라서 멍한 표정으로 상대팀 코트를 보았다. 진원의 왼쪽 손목에 간신히 매달린 테이핑 끄트머리가 흔들거렸다.

경기가 끝난 뒤 진원은 팀원들과 아이스크림을 먹었다. 코치님도, 팀원들도 진원에게 "너 아까 소리 지를 때 김연경인 줄 알았어. 하하!"라며 한마디씩 농담을 건넸다. 모두들 진원의 스파이크를 칭찬했다. 진원은 쑥스러워 그냥 웃어넘겼지만 내심 기분이 좋았다.

가방을 챙기고 집으로 돌아가는 길에 진원은 그 순간을 다시 떠올렸다. 다들 스파이크를 칭찬했고, 체육관을 울린 멋진 스파이크 소리를 기억했다.

아마 진원 말고는 아무도 듣지는 못했을 것이다. 진원의 왼쪽 손목에 탄탄하게 감겨 있던 테이핑이 퍼덕거리며 풀리던 그 소리. 그 소리는 오직 진원의 왼쪽 귀 근처에서만 들렸다. 만약 새가 날갯짓을 한다면 그것과 매우 흡사한 소리가 났을 것이다.

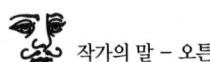 작가의 말 - 오튼

인터뷰를 하며 받은 긍정적인 기운을 담아 글로 썼습니다.
진원 님의 배구 이야기를 더 듣고 싶었는데, 인터뷰 시간이 짧아서 너무 아쉬웠습니다.
앞으로도 진원 님의 삶에 용기와 도전이 항상 함께하길 응원합니다.

여기보다
어딘가에

•
사당에서 학원강사로 일하는 선영 님의 사연
2년 전 해외 봉사활동으로 베트남에 다녀온 적이 있어요.
시간에 쫓기지 않고 여유 있게 살면서 행복을 느꼈고
인생에 돈이 전부가 아니라는 사실을 알았어요.
다시 한국에 돌아와서도 그때처럼 느긋하게 살아가는 제 모습을 그려주세요.

Mary_Fa님이 당신을 팔로우합니다.

모니터 오른쪽 하단에서 불쑥 솟아오른 알람. 꽤 오래전부터 찍어둔 사진들을 순차적으로 업로드하는 계정이 있는데, 아마 그 계정을 팔로우한 사람인 것 같았다.

가끔은 V-LOG를 촬영해서 올리기도 했다. 구독자는 그렇게 많지 않아도 반짝이는 '좋아요' 하트를 볼 때면 괜스레 뿌듯한 마음이 든다. 잊고 싶지 않은, 혹은 아름답다고 느껴지는 순간을 담아둔 사진들을 볼 때면 그때가 생생하게 떠오르곤 한다.

그중에서도 가장 마음에 드는 것은 예전에 베트남에서 찍었던 사진들이다. 해외 봉사활동으로 갔던 그곳에서 학생들을 상대로 한국어를 가르치는 일을 했다. 베트남 부침개 반쎄오와 비빔국수 분팃느엉을 배부르게 한 그릇 먹고 나서, 한국이라면 상상도 못할 저렴한 돈을 지불하고 식당을 나서곤 했다. 수업 외에는 별다른 일정도 없었고, 마치 관광이라도 온 것처럼 느긋하게 지내는 나날의 연속이었다. 그렇게 지내면서 확실하게 깨달은 점이 있었다. 한국에서의 삶이 얼마나 치열하고 숨 막힐 정도로 답답한 것이었는지를.

질풍노도의 중학생 시절을 지나, 뒤늦게 공부에 전념했던 고등학생 시절을 보냈다. 대학에 와서 아침부터 늦은 밤까지 참 바쁘게 살았다. 편의점, 레스토랑, 과외, 학원 파트타임 강사…. 안 해본 아르바이트를 꼽는 것이 더 빠를 만큼 할 수 있는 건 죄다 해봤다.

쪼들리는 생활은 아니었지만 늘 어딘가 텅 빈 느낌이었다. 그때부터였을까. 나를 표현하고 싶은 욕구가 가슴속에서 꿈틀거렸다.

내가 미처 해보지 않았던 것들을 경험하는 일이 무엇보다도 즐거웠다. 사진을 찍기도 하고 서툴게나마 영상을 편집해보기도 하면서 새로운 것을 배우는 즐거움을 알았다. 내가 정말 필요로 하는 것을 배우는 일은, 학교에서 수학 공식을 외우거나 문제 풀이를 하는 것과는 비교도 할 수 없는 희열이 있었다. 책이 가득 들어차 있는 서점을 돌아다니면서, 누군가의 삶과 생각을 들여다본다는 것은 나만의 은밀한 즐거움이었다.

나는 내 삶을 사랑하는 방법을 조금씩 알아가고 있다.

누군가에게 지식을 전달하는 것도 상당히 즐거운 일이다. 무언가를 잘 배우는 것과 잘 가르치는 것이 실상은 전혀 다른 것처럼. 만약 공부에 조금만 흥미를 가질 수 있는 계기가 있었다면 분명 누군가를 가르치는 일을 하지 않았을까. 그렇다고 지금을 후회하진 않는다. 작은 후회들을 쌓아나가면서 살기에는, 삶은 놀랍고 경이로운 일들로 가득 차 있으니까.

'좋아서 하는 밴드'라는 그룹이 있다. 그들의 밴드 이름처럼 '좋아서 하는 공부'라는 말이 지금의 날 가장 잘 표현한다.

빡빡하거나 스케줄이 가득 차 무언가에 쫓기는 삶은 지루하다. 아주 먼 옛날에는 나침반이 없어서 별을 보고 자신들의 길을 정하고 초원을 떠도는 사람들이 있었다고 한다. 지금 나는 학원 전임 강사이기도 하면서 나의 생각과 의견을 많은 사람들과 나누는 크리에이터이고, 정해진 거취나 장래 같은 것들에 얽매이지 않고 매 순간 반짝이는 무언가를 찾아 떠도는 일종의 유목민이다.

어쩌면 내 삶은 새카만 하늘에 점점이 박혀 반짝이는 무수한 별들 중에서 나만의 작은 별을 찾는 여정이 아닐까?

그래, 넓디넓은 사막과 초원을 내가 사랑하는 양 몇 마리를 데리고 떠도는 삶. 한없이 자유롭고 매일이 새로운 경험과 자극으로 가득한 그런 삶. 밤이면 하늘을 올려다보며 나만의 작은 별과 눈맞춤을 하고 잠자리에 드는 그런 삶.

띵- 하고 알람이 울었다.

Mary_Fa님이 당신의 게시글을 좋아합니다.

  나는 한껏 미소 지으며 화면에 찍힌 작은 하트를 하염없이 바라보았다.

 작가의 말 - 마리애비

선영 님이 바라는 삶은 무엇일까 고민하며 썼습니다.
원하는 대로 이뤄지지 않더라도 그럼에도 삶은 반짝이고 경이로운 것이겠지요.
부디 인생이라는 여행길에 행운이 가득하길 바랍니다.
제목은 아티스트 하림의 노래에서 따왔습니다.

그의
이상형

송파의 영어유치원 선생님 미오 님의 사연
교환학생으로 헝가리에서 1년 좀 넘게 살다 왔어요.
현재는 유치원 선생님이에요.
예전엔 미래에 대한 불안으로 스트레스가 많았는데 나를 좀 내려놓았어요.
현재 제 모습을 제3자의 시선으로 써주세요.

그는 무척 긴장이 됐다. 맞은편에 앉아 밀크티를 한 모금 들이마시는 미오를 보는데, 그답지 않게 등으로 식은땀이 흘렀다. 비단 낯선 이를 마주하고 있어서만은 아니었다.

미오가 고개를 들었다. 그를 향해 싱긋 웃었다. 미오는 웃지 않으면 차가워 보이는 인상이다. 하지만 반대로 웃는 즉시 사방을 환하게 밝히는 인상이기도 하다.

"영어유치원 선생님이라고 들었는데, 한 반에 몇 명이나 있는 거예요?"

그는 두근거리는 마음을 가라앉히고 질문을 뱉었다.

"지금 제가 맡은 반은 열두 명이에요."

"아, 힘들진 않으세요?"

"힘들 때도 있는데…. 아이들을 좋아해서 괜찮아요."

반 아이들이 떠올랐는지 미오의 얼굴 위로 부드러운 미소가 스쳐 지나갔다.

"헝가리어 전공이라던데 어떻게 영어유치원 선생님을 하시게 된 거예요?"

주선자에게 미오가 헝가리어를 전공하고, 현재 영어유치원 교사로 재직 중이라는 말을 들었을 때 멋지다고 생각했다. 영어유치원 교사라면 당연히 영어를 잘할 테고, 헝가리어 전공이니 헝가리어도 능숙하면 한국어까지 세 개 국어를 한다는 말이니까. 외국어를 유창하게 말하는 그녀의 모습이 자연스레 머릿속에 떠올랐다. 그녀는 하고 싶은 것이 분명하고 자기 주관도 뚜렷해 보이는 인상이었다.

"유치원 선생님은 비교적 안정적이라 시작하게 됐어요. 대학교 때 교환학생으로 헝가리에 1년 좀 넘게 살다 왔는데 아무래도 헝가리어로는 안정적인 직업을 찾기가 힘들더라고요. 제가 예전에는 미래에 대한 스트레스가 많았거든요. 안정적인 걸 최우선으로 생각했죠."

그는 차분히 대답하는 미오를 지긋이 바라보았다. 그도 완벽주의자라 시험을 준비할 때 불안감이 극심해서 미오의 마음을 십분 이해할 수 있었다.

"혹시 요즘에도 그런 스트레스를 받으세요?"

"아뇨. 요즘엔 많이 내려놨어요. 미래 때문에 현재를 힘들게 살고 싶진 않더라고요. 오늘 내가 행복하게 살면 됐다는 마음가짐으로 지내요."

"그거 좋네요."

그가 미오를 향해 씩 웃자 미오가 화답하듯 웃었다. 사방이 환해지는 느낌었다.

"스트레스는 어떻게 푸세요?"

"음…. 저는…. 이런 말씀 드리면 좀 이상할 것 같은데…. 이상하게 생각하시면 어쩌죠?"

미오는 말하면서 얼굴이 살짝 상기되었다. 그는 지금 미오의 말이면 무엇이든 믿을 수 있을 것 같았다. 사실 그는 미오가 카페로 들어오는 모습을 본 순간부터 반했다. 미오의 이지적인 용모와 따스한 미소, 조곤조곤한 말투는 그가 오래전부터 그려왔던 이상형이었다.

"아뇨. 그럴 리 없습니다. 편하게 말씀하세요."

"그럼, 음…. 저는 스트레스를 잘 받지 않는 편인데 제가 정한 목표가 있잖아요. 그게 이뤄지지 않으면 정말 스트레스를 받아요. 그래서 그냥 될 때까지 해요. 무조건 될 때까지."

"못하면 스트레스를 받으니까 그 스트레스를 없애기 위해 끝까지 한다? 이건가요?"

그가 말하자 미오가 고개를 끄덕였다.

"그렇군요. 저도 요즘 복근 만들려고 퇴근 후에 PT를 받는데 생각보다 빨리 안 생기더라고요. 그러니까 괜히 스트레스만 받고…. 저 역시 미오 씨처럼 될 때까지 해야겠어요."

그는 자기 배를 가볍게 두들기며 싱긋 웃었다. 그 모습이 웃겼는지 미오도 아랫입술을 깨물며 웃음을 참는 것이 보였다. 미오는 잘 웃었다. 말도 예쁘게 했다. 자신의 생각이나 감정도 솔직하게 말하는 편인 것 같았다. 그는 미오가 자신과 닮은 면이 많다는 생각이 들었다.

"참, 미오 씨 술 잘 드세요?"

그는 술이 약했다. 말술을 먹게 생겼다는 지인들 말과 달리 한 잔만 마셔도 머리가 핑글핑글 돌았다. 그 탓에 술자리도 그다지 좋아하지 않았다. 그는 여자친구가 생기면 술을 마시기보다는 함께 문화생활 또는 레저를 즐기고 싶었다.

"못 마시지는 않죠."

미오가 대답했다.

"잘 드신단 소리네요. 그럼 술자리도 좋아하세요?"

그가 재차 물으니 미오가 고개를 가로저었다.

"아뇨. 굳이 술을 마시지 않아도 할 수 있는 것들이 많으니까요. 딱히 좋아하지는 않아요."

그는 속으로 쾌재를 불렀다. 직장에서 팀장으로 승진한 후, 결혼을 해야겠다고 생각하고 소개팅이나 선을 본 지 벌써 여러 차례. 호감이 생긴 이는 있었으나 지속적 만남으로 연결되지 않았고, 이 사람이다 싶은 상대가 없었다. 인연을 만난다는 것이 이렇게 힘들구나 생각하면서 마지막 선이라 결심하고 나온 자리에 이상형이 나타난 것이다.

진정시킨 가슴이 다시 뛰기 시작했다. 그의 머릿속에는 미오와 함께하는 미래가 그림처럼 펼쳐졌다. 자신도 믿을 수 없을 정도로 처음 만난 미오에게 '이 사람이구나' 하는 확신이 강하게 들었다.

"미오 씨, 이런 말씀 드려도 좋을지 모르겠는데…."

"저도 아까 그런 말씀 드렸잖아요. 말씀하세요."

미오는 빙그레 미소를 지었다. 카페에는 밀크티 향이 은은하게 퍼졌다. 그는 마른침을 삼켰다. 단번에 미오의 마음을 사로잡을 수는 없겠지만 이 말만은 꼭 묻고 싶었다.

"미오 씨에게 행복한 미래는 어떤 건가요?"

이왕이면 미오의 미래가 행복했으면 하는 마음에, 그리고 그 미래를 함께하고픈 마음이 들어서.

"저는 남편과 아이와 함께 안정적이고 행복한 가정을 꾸리는 미래를 꿈꿔요. 좀 의외죠? 다들 그렇게 말씀하시…."

"어울려요."

그는 미오의 말허리를 자르며 단호하게 말했다.

"네?"

"미오 씨와 아주 잘 어울리는 미래네요."

그리고 저와 함께.

그는 속으로만 중얼거렸지만 그 말까지 알아들은 모양인지 미오가 방긋 미소 지으며 밀크티를 들이켰다. 알 수 없는 확신이 차올라 그의 가슴이 금방이라도 터질 듯 했다. 도저히 가만히 앉아 있을 수가 없었다.

"미오 씨, 우리 나가서 걸으면서 이야기할까요?"

 작가의 말 - 웨하스

미오 님은 이성과 감성이 적절히 어우러진 캐릭터라는 생각을 했습니다.
가까운 미래에 이상형의 남성을 만나 행복한 미래를 가꿔나가시길 기원합니다.

계속
살아가는 법

분당에 사는 직장인 상렬 님의 사연
저는 40~50대가 되면 스님이 될 것 같아요.
현재의 모든 고통에서 벗어나 깨달음을 얻는 스님이 되는 얘기를 써주세요.
어두운 내용이지만 담담하게.

하늘이 조금씩 맑은 빛으로 물들어가는 시간, 그러나 P의 방은 아직도 어둑어둑했다. P는 커튼을 쳐둔 창문 아래 흐릿한 모니터 불빛에 의지해 이미 수십 번 만들고 풀기를 반복했던 매듭을 다시 한 번 묶고 있었다.

간밤에 그는 야근을 끝내고 돌아오는 길에 막 문을 닫으려는 생활용품 매장에 충동적으로 뛰어들었다. "찾으시는 거 있으세요?" 짜증을 완전히 지워내지 못한 직원의 물음에 자기도 모르게 대답해버렸다. "로프 있나요?"

'에반스 매듭. 비교적 간단하면서도 튼튼해 매듭의 왕이라고 하며, 일명 자살 매듭으로 알려져 있다.'

검색어로 '자살 매듭'을 입력하니, 놀라울 만큼 간단하게 매듭짓는 법을 알아낼 수 있었다. 심지어 친절하게 동영상까지 나와 있었다. P는 서툰 손짓으로도 한두 번의 시행착오만으로 동영상 속 남자와 똑같은 매듭을 만들 수 있었다.

어둠 때문에 보이지 않지만, P의 하숙방 한쪽 벽에는 '절대 못 박지 말 것'이라는 경고문 위에 미리 박아둔 못이 있었다.

매듭도 있고, 튼튼한 지지대도 있다. 이제 마음만 먹는다면 별 볼 일 없었던 30년 넘는 지난 시간들과, 더 나아질 거라는 희망이 없는 다가올 시간들을 단번에 지울 수 있다.

그러나 거기까지였다. 며칠 전 충동적으로 벽에 못을 박았던 때처럼, P는 더 진행하지 못하고 자꾸 매듭만 묶었다 풀기를 반복하고 있었다. 밤을 새운 끝에, 이제는 눈을 감고도 수월하게 매듭을 짓는 수준이 됐다.

수십 번째 묶은 매듭을 다시 풀다가 방 한구석으로 던져놓았다. 지난번엔 못을 박고, 오늘은 매듭을 짓고. 다음번엔 정말로 죽게 될까. 모를 일이었다. 자신이 그것을 원하는지 두려워하는지조차 알 수 없었다.

"야옹—!"

P는 고양이 우는 소리에 감았던 눈을 떴다. 잠깐 졸았다고 생각했는데, 핸드폰으로 시간을 확인하니 한 시간이 넘게 책상에 엎드린 채 잠이 든 모양이었다. 그사이 지난 며칠 만에 처음으로 누군가 보낸 메시지도 와 있었다.

'오늘 쉬지? 잠깐 올래?'

어머니였다.

'바빠요.'

전송 버튼을 누르려던 P는 잠시 망설였다. 자신의 죽음이 알려졌을 때 비통으로 일그러질 어머니의 얼굴이 떠올랐다. 마지막으로 얼굴을 보이는 것도 나쁘지 않을 것이다. 그는 입력했던 글자를 지우고 새로운 메시지를 입력했다.

'지금 출발할게요.'

어쩌면 마지막 외출일지도 몰라서 공들여 외출 준비를 했다. 대문을 나선 P는 담벼락 아래 얌전히 앉아 있는 고양이를 보았다. 아마도 아까 자신의 잠을 깨운 녀석인 듯했다. 귀 끝에서 꼬리 끝까지, 노란 눈동자를 제외하고 모든 부분이 새카만 고양이였다. P는 미신 같은 건 믿지 않았지만, 오늘따라 검은 고양이가 불운을 불러온다는 속설이 마음에 걸렸다.

그는 까닭 모를 불안함에 일렁이는 마음을 애써 가라앉히며, 고양이를 못 본 척 고개를 돌렸다.

* * *

P가 월급 일부를 떼어주는 돈으로 **빡빡하게나마** 생활이 가능했지만, 어머니는 굳이 동사무소에서 소개한 여러 일을 하며 품을 팔았다. 남편 없이 홀로 외아들을 키워낸 시간들이 단단히 쌓여, 이제는 편안히 쉬는 법을 잊은 것 같아 P는 마음이 아팠다.

어머니는 주말이면 김치나 밑반찬, 가끔은 오늘처럼 동사무소에서 나눠주는 선물세트를 핑계로 아들을 불러내 이런저런 묵은 이야기를 풀어내곤 했다.

함께 일하는, 시시때때로 별것 아닌 걸로 시비를 거는 '아들도 없는 여자' 이야기, 자신이 공들여 삶아낸 국수가 맛이 없다며 시비를 건 젊은 손님 이야기, 이웃에게 새로 담갔다는 김치를 받았는데 너무 맛이 없어서 먹지도 버리지도 못해 곤혹스러웠다는 이야기….

그저 고개만 주억거리며 적당히 맞장구치던 P는 문득 궁금해졌다. 밤을 새운 피로 때문인지 평소라면 속으로 삭이고 말았을 질문을 하고 말았다.

"엄마는 나 없이 혼자 살 수 있어요?"

순간, 어머니의 이마에 불안의 그림자가 물결처럼 퍼졌다가 잦아들었다.

"지금도 그러고 있잖니."

P는 그 속내를 알면서도 짐짓 심술궂게 되물었다.

"그럼 왜 주말마다 불러내요?"

어머니는 P를 가볍게 흘겨보며 옆에 뒀던 참치캔 선물세트를 내밀었다.

"말했잖아, 참치 가지러 오라고. 내가 이런 거 먹니."

기부용. 동사무소 도장이 찍힌 선물세트를 한참 바라보다가, P는 고개를 끄덕였다.

"잘 먹을게요."

그리고 참치캔 하나를 꺼내 어머니에게 건넸다.

"그래도 맛은 보세요. 선물인데."

어머니는 손뼉을 치며 좋아했다. 엉뚱한 기쁨이었지만, 다시 생각해보니 영 엉뚱한 것도 아니어서 P는 나쁘지 않은 기분이었다.

* * *

P는 집 근처 신경정신과에 들렀다. 거의 반년 만이었다. 수년 전 처음으로 우울증을 얻은 그가 망설이고 망설이다 처음으로 진료를 받았던 곳이다. 물론 인생을 수월하게 만들어주는 마법의 약이 있을 리 없었다. 그러나 최소한 이곳의 진료와 처방이 그의 인생을 몇 년 연장해준 것은 사실이다. 마지막으로 인사라도 하는 게 도리일 것이다.

평소보다 진료시간이 짧은 토요일이라 그런지, 대기 환자가 평소의 배는 되는 것 같았다. 불면증, 알코올중독, 조현병, 그 외 가지각색의 질환을 가진 환자들이 이따금 자신의 질환을 대놓고 드러내는 악다구니 사이에서 한 시간 넘게 기다린 P가 겨우 진료실에 들어갔다.

막상 의사 앞에 앉으니 무슨 말부터 해야 할지 알 수 없었다. '감사합니다. 그리고 앞으로 일어나는 일은 선생님 탓이 아닙니다'라고 해야 하나? 당장 자살 위험자로 판단해 강제 입원을 당할지도 모를 일이다.

　서두를 꺼내지 못해 망설이는 동안, 빠르게 차트를 훑어본 의사는 대뜸 말을 던졌다.

　"반년 만이네요. 왜 이제 오셨어요?"

　P는 당황했다.

　"어, 그동안은 괜찮은 거 같아서…."

　"그건 환자분이 아니라 전문의가 판단하는 겁니다."

　그게 아니라…. P가 웅얼거릴 틈도 없이, 의사는 말을 이었다.

　"2주 치 약을 드릴게요. 매일 빠지지 말고 복용하시고, 2주 뒤에 꼭 다시 오세요. 약 떨어지기 전에."

　결국 하고 싶은 말은 하지도 못했지만, P는 아직도 대기실에 바글거리고 있을 환자들을 떠올리며 자신이 날을 잘못 잡았거니 생각하기로 했다.

　P는 주섬주섬 참치캔을 하나 꺼내 의사에게 건넸다.

　"선물입니다."

　의아해하던 의사가, 의외로 미간에 깊은 주름을 활짝 펴고 선선히 웃어주었다.

　"고마워요."

　그 말에 담긴 뜻밖의 진심이 오히려 고마웠다. 꾸벅 고개를 숙여 보인 P는 진료실 문을 나섰다. 그의 등 뒤로 엄격함을 되찾은 의사의 목소리가 들렸다.

　"잊지 말고, 2주 뒤에 꼭 오세요."

* * *

　돌이켜보면 P의 인생은 대부분의 시간이 권태로웠고, 그 외의 시간은 불안과 고통이었다. 그러나 찬찬히 되돌아보면 사금파리처럼 반짝이는 소박한 추억들이 있다. 그중에서도 유별나게 빛나는 보석 같은 기억이 있었다. 옛 연인 G와 함께한 시간들이다.

　갑자기 연락을 했는데도 G는 의외로 순순히 나왔다. 헤어지기 전 자주 왔던 그녀의 집 근처 카페에서 마주하자 잠깐 예전과 다를 바 없다는 착각이 들었다. G는 여전히 쾌활했고 생기가 넘쳤다. 그러나 함께한 시간보다 각자 살아온 시간이 길었고, 둘의 만남은 엇갈리는 혜성처럼 짧았다. P는 발랄하게 재잘거리는 G와 별과 별 사이만큼이나 아득한 거리감을 느꼈다.

　"아참, 나 오래 못 있어. 약속 있거든."

　P는 서운함을 느꼈지만, 이제 자신은 서운함을 느낄 자격이 있는 관계가 아님을 되새기며 애써 마음을 가라앉혔다.

　"무슨 약속?"

　"나 요즘에 독서 토론회 모임 나가거든. 심리학 관련해서."

　"네가 그런 데도 관심이 있었어?"

　"원래 없었는데…. 예전에 사귀던 사람이 관심이 많았지. 그래서 나도 생겼어, 관심."

　"누구?"

　G는 주먹을 들어 올리는 시늉을 했다.

"이런, 누구긴 누구야, 너지!"

P는 그제야 깨달았다. 그녀의 취향에 따른 자신의 샷 추가 아메리카노, 자신의 취향을 따른 그녀의 아이스 아메리카노를. 그녀의 취향에 따른 자신의 짧은 손톱과, 자신의 취향을 따른 그녀의 연하게 그린 눈썹을. 그녀의 취향에 따른 자신의 옷소매 접는 법과, 자신의 취향을 따른 그녀의 머리 묶는 법을.

언뜻 사소한 습관이었다. 두 사람의 만남은 엇갈리는 혜성처럼 짧았다. 그렇지만 중력은 서로에게 돌이킬 수 없는 영향을 줬다. 언뜻 작은 변화였지만, 1년이 지나고, 2년이 지나고, 10년이 지난다면, 그들이 만났던 이 우주의 두 사람과 만나지 않은 우주의 두 사람의 차이는, 별과 별 사이만큼이나 아득할 것이다. 아무리 오랜 시간이 흘러도, 아니 오랜 시간이 지날수록 그녀의 인생 어느 순간 P가 함께했다는 것은 결코 잊히지 않을 것이다.

뜻밖의 깨달음에 P는 잔잔히 웃었다. 그 웃음의 연유를 모르겠다는 듯 의아한 표정을 짓던 G가 말을 이었다.

"참, 오랜만에 만났더니 반가워서 내 얘기만 했네. 왜 보자고 했어? 줄 거 있다며?"

P는 그제야 용건을 떠올리고 주섬주섬 참치캔을 꺼냈다. 생각지도 못한 물건을 받아든 G는 헛웃음을 지었다.

"이거 주려던 거였어?"

"건강해라."

P는 자리에서 일어났다. 그가 카페 문을 나설 때까지, 그리고

유리문 너머 보이지 않게 될 때까지, G는 하염없이 손 안에 든 참치캔을 만지작거렸다.

* * *

확실히 운동 부족이었다. P는 거칠게 들썩이는 가슴을 쓸어내리며 한참이나 숨을 골라야 했다.

해가 뉘엿뉘엿한 시간이었다. 주말에 몰려온 등산객과 관광객은 거의 다 빠져나가, P가 찾은 사찰은 고즈넉했다. 충동적으로 가장 가까운 절을 검색해 찾아온 길이었다. 모든 사찰이 그렇듯 이곳 또한 산 중턱에 있어서 꽤나 고생해야 했다. 실컷 땀을 흘리고 나자 기분이 나쁘지 않았다. 게다가 고요한 사찰 위로 석양이 드리워진 전경은 남은 피로마저 씻어내기에 충분했다.

시간이 지나면, 머리를 깎고 이런 절에서 수행하면서 살면 어떨까? 수십 년 뒤 마침내 깨달음을 얻어 선승이 된 자신의 모습을 상상하며, P는 절간 이곳저곳을 기웃거렸다.

"어인 일이오?"

노쇠하지만, 아직 근력이 충분한 듯 카랑카랑한 목소리였다. P는 자신을 불러 세운 스님을 마주 보았다. 새하얀 눈썹이 곡선을 그리며 눈꼬리까지 내려올 만큼 길었다. 치아가 몇 남지 않았을 만큼 늙었지만 눈빛은 생기가 넘쳤고, 작은 체구에 허리가 꼿꼿했다. 척 봐도 범상치 않은 고승이었다. P는 합장하며 고개를 숙였다.

"그저 구경이나 하러 왔습니다, 스님."

"구경이라. 깨달음을 구걸하러 온 것은 아니고?"

언중유골. P는 조금 놀랐다.

"운 좋게 깨달음 하나쯤 주워 갈 수 있다면 그것도 좋겠지요."

"뗵!"

노승은 사찰이 울릴 만큼 크게 소리치고 나서 말을 이었다.

"세상에 나가면 발에 채여 넘어질 만큼 있는 게 깨달음이니라. 어찌하여 이 깊은 산골까지 왔는고?"

P는 조금이지만 반발심이 들었다.

"저도 모르는 바 아니지만 제겐 세상이 너무 힘겹습니다."

노승은 치솟았던 눈썹을 내리며 누그러진 목소리로 말했다.

"유독 세상 고난에 자주 치인 젊은이로구먼."

"말 나온 김에, 저도 이곳에 머물 수는 없겠습니까? 먹이고 재워만 주시면 불목하니로 들어가 잡일이라도 하겠습니다. 부디 저에게도 가르침을 주십시오."

노승은 다듬지 않아 듬성듬성 수염이 돋은 턱을 쓰다듬으며 말했다.

"…이렇게 하세. 자네가 지금은 스스로 나이 먹었다 생각하겠지만, 나이 먹은 내가 보기엔 세 살배기 꼬마나 자네나 똑같이 어린 친구들이야. 세상에서 1년만 더 버텨보게. 버틸 만하면, 다시 1년만 더 버텨보게. 그렇게 버티고 버티다가, 도저히 더 버틸 수 없을 지경이 되면, 그때 나를 찾게. 내가 책임지고 자네를 불도에

귀의하도록 할 터이니."

"그러나…."

노승은 껄껄 웃었다.

"걱정 마시게! 자네가 다시 올 때까지는 정정하게 살아 있을 터이니!"

썩 만족스럽지는 않았지만, 더 고집을 부릴 수는 없었다. P는 주섬주섬 품에 있던 참치캔을 꺼내 내밀었다. 그리고 의아해하는 노승의 얼굴을 보고 나서야 아차 싶었다. 세상에, 스님한테 참치를 주다니!

"와, 참치다, 참치!"

노승은 재빨리 참치캔을 채갔다. P는 의아했지만, 어쩌면 그 어린애처럼 천진한 태도조차 노승의 범상치 않은 깨달음의 깊이를 말해주는 걸지도 모른다. 그러고 보니 몸에 동물성 단백질이 부족하면 근육이 끊어지거나 할 수도 있어서, 스님들도 가끔 육식을 한다고 주워들은 적이 있다.

"스님! 여기서 뭐하세요?"

양 볼에 여드름이 돋은 어린 행자가 달려와 노승의 겨드랑이를 부축했다. 행자는 뒤늦게 발견한 P에게 고개를 꾸벅 숙여 보였다.

"스님께서 뭐라 하시던가요?"

"큰 위안을 주셨습니다."

P의 선문답에 행자는 고개를 갸웃했다.

"뭐, 손님께 폐가 안 됐다면 다행입니다. 저희 주지 스님이신데,

요새 치매가 와서요. 지난번에도 손님을 두들겨 패서 큰일이 날 뻔했거든요."

"…치매요?"

되묻는 P에게 굳이 답하지 않고, 행자는 노승을 부축해 떠났다.

* * *

긴 하루였다. P는 대문 앞에 주저앉았다. 아직 벽에 박힌 못과 에반스 매듭이 기다리고 있는 방 안에 들어가는 게 새삼 두렵기도 했다.

계속해서 살아갈 수 있을지, 아직 확신을 갖지 못했다. 그러나 더는 참치캔 나눠줄 사람도 떠오르지 않고, 무엇보다 밤을 새운 피로가 단번에 몰려오는 기분에 그는 집으로 돌아왔다.

손에 든 선물세트엔 아직도 여남은 개의 참치가 남아 있었다. 참치라면 자취 초기에 물리도록 먹었고, 요즘은 식당이나 배달 음식으로 끼니를 해결하는 경우가 많았다. 집에 가지고 가야 괜스레 자리만 차지할 뿐이었다. 이걸 어떻게 처리하지?

"야옹—!"

P는 그제야 아침에 봤던 그 자리에 여전히 앉아 있는 검은 고양이를 발견했다. 어둠 때문에 보이지 않았던 모양이다.

고양이는 아까처럼 불길하게 느껴지지 않았다. 오히려 계속 저 자리에 있었던 건지, 배가 고프지는 않은지 걱정마저 됐다. 고양이는 그대로인데, 내 마음이 변하는 거구나. 고승이 말했던 '발에 채일 만큼 많은 깨달음' 중 하나를 얻은 것 같았다.

P는 참치캔 하나를 꺼내 발치에 놓았다. 망설이는 듯했던 고양이는 잠시 후 다가와 캔 안에 고개를 박고 먹기 시작했다.

P는 몇 번이나 쓰다듬으려고 했지만, 고양이는 머리를 참치캔에 그대로 두고 몸만 틀어 피했다. 우리가 아직 그 정도로 친하진 않아, 라는 듯한 태도였다.

P는 뜻밖에 자신의 입가에 미소가 번진 것을 깨달았다. 그는 휴대폰을 꺼냈다. 검색 기록엔 '자살 매듭'이라고 씌어 있었다. 검색 기록을 삭제한 후 새로운 검색어를 입력했다.

'고양이 키우는 법'

작가의 말 – 취백

무작정 견디는 게 아닌 지향할 바를 찾으시길, 끝내 행복하시길 진심으로 바랍니다.

뷰티·패션
인플루언서
하경 님
사람의 마음

분당에 사는
직장인
정인 님
밤에 피는 꽃

3장
사랑 혹은 이별

스페인에서
프러포즈를 받은
지빈 님

미완 예찬

사람의
마음

뷰티 · 패션 인플루언서 하경 님의 사연
남자친구가 수줍음이 많은 편인데,
적극적인 모습으로 소설에 등장했으면 좋겠어요.
살짝 진한 로맨스를 원해요.

"아이 참! 왜 그래, 우리 성은이 화 많이 났어?"
"아니."
"뭐 때문인데. 말해봐."
"…"

하경은 성은의 손을 잡고 기분을 달래주기에 여념이 없었다. 뭣 때문에 화가 났는지는 잘 모르겠지만 뾰로통하게 튀어나온 입술과 평소보다 더 짧아진 대꾸만 봐도 충분히 알 수 있었다. 성은은 분명 무언가에 토라져 있었다.

"됐어, 신경 쓰지 마."

턱을 들어 올린 채 하경을 내려다보며 무뚝뚝하게 내뱉는 대답. 중저음으로 낮게 깔리는 성은의 목소리도, 평소에는 섹시하다고 생각했지만 지금은 그다지 마음에 들지 않았다.

하경은 천천히 낮에 있었던 일들을 떠올려보았다. 대체 성은은 왜 이렇게 화가 났을까?

"가자."

친구들과 만나 간단히 식사를 하고, 크리스마스 파티 계획을 짜기로 한 자리였다. 태생이 '관심종자'로 태어난지라, 하경은 언제나 사람들 틈바구니에서 함께 어울리는 것을 좋아했다. 사실 성은을 만나게 된 것도 친구 다니의 생일 파티에서였다.

성은은 언제나 그렇듯 10분 먼저 약속 장소에 나와 하경을 기다리고 있었다. 웬일로 성은이 대뜸 '가자'는 말과 함께 하경의 손을 잡았던 것이다.

이렇게 밖에서 자연스럽게 손을 잡게 된 것도 하경의 교육(?) 덕분이었다. 성은은 수줍음이 많은 남자였다. 연애 초기의 성은은 남들 앞에서 손을 잡는 것도 부끄러워했다. 그때마다 하경은 성은을 격려하며 애정 표현을 좀 더 적극적으로 해달라고 요구했고, 성은은 마지못해 고개를 끄덕였다.

그런 성은이가…, 참으로 성은이 망극한 일이었다.

하경은 '그래, 이 정도면 충분하지'라며 애써 만족하려 했지만 마음 한구석의 불안감은 여전했다. 성은은 언제고 잡은 손을 놓아버리고 다른 곳으로 훌훌 날아가 버릴 것만 같은 사람이다. 하경에게 성은은 그런 존재였다. 자신보다 다섯 살이나 어리고 자기표현에 서툰 연하남.

전 애인을 잊게 해주겠노라고, 날 놓치면 후회할 거라는 말로 그를 붙잡긴 했지만 하경은 여전히 가슴 한구석에 애써 눌러놓은 불안감을 떨치기 힘들었다.

둘이 있을 때는 애교도 곧잘 부리고, 스킨십이나 관계에 딱히 불만은 없었다. 가끔은 젊은 혈기를 주체 못 하는 모습도 보여줘 나쁘지 않았다. 다만 문제는 다른 사람 앞에서는 일절 좋아하는 티를 내거나 친근하게 내 이름을 부르지도 않는 데 있었다. 다른 사람 앞에서도 둘이 있을 때처럼 다정한 모습을 보여줬으면 좋겠다.

'자, 세상 사람들 보세요! 제 남자친구가 이렇게나 절 사랑한답니다!' 하고. 볼에 뽀뽀를 한다거나 다정하게 이름을 불러준다거나 하는 일이 그렇게 어려운 건 아니지 않나.

그래도 별수 있겠는가. 사람은 쉽게 변하지 않는 법. 하경은 반쯤은 포기한 심정으로 성은과의 연애를 이어오고 있었다.

자신보다 나이 많은 친구들과 섞여 있어도 주눅 들지 않고 자기 모습 그대로 처음부터 끝까지 예의 바른 성은을 진심으로 사랑했으므로.

"야, 하경이 왔네! 먼 길 오느라 고생했어!"

약속 장소에 도착한 두 사람을 가장 먼저 반겨준 이는 주희였다. 다니는 여전히 주완과 찰싹 붙어 사랑을 속삭이느라 여념이 없었다. 언제 봐도 참 보기 좋으면서도 눈꼴 시린 모습이었다.

하경은 이에 질세라 성은의 손을 더 꼭 잡았고, 그런 하경을 이상하다는 듯 처다보는 성은의 눈초리에 그저 웃어 보였다.

평소와 달리 주희 옆에 웬 남자가 서 있었다. 키도 크고 서글서글한 눈매에 짙은 눈썹, 웃는 표정이 인상적인 남자였다. 그는 주희의 친구라며 자신을 소개했다. 주희의 표정으로 봐서는 '썸' 타는 사이 같았다.

가볍게 식사를 하고, 테이블이 큰 카페로 자리를 옮겨 본격적으로 파티 계획을 세웠다.

"과카몰리 어때? 아보카도가 좀 비싸긴 해도 잔뜩 만들어놓고 이것저것 찍어 먹기 좋던데."

"이마트 트레이더스에서 파는 연어랑 광어도 사자! 술도 거기서 사면 될 것 같은데?"

"요전번에 했던 보드게임 있지? 스플렌더인가? 그거 재밌더라!"

대부분 먹는 이야기, 혹은 놀 거리에 대한 이야기였지만 꽤 즐거운 자리였다.

주희의 '썸남'은 시종일관 웃는 표정으로 자연스럽게 대화에 끼었다. '오, 꽤 괜찮은데?' 하는 생각이 들 만큼 흥미로운 사람이었다. 적절한 위트와 함께 자신감이 엿보였고, 주희를 바라보는 눈빛에는 따스함이 감돌았다. 그가 말할 때마다 하경은 웃기 바빴고, 그럴수록 성은의 표정이 점점 굳어갔다.

얼추 계획이 다 정해지고 의미 없는 수다가 자리를 가득 채울 무렵이었다. 가만히 앉아 이야기를 듣던 성은이 하경의 어깨에 손을 두르며 나지막이 이야기했다.

"하경아, 나 저녁에 약속 있어서 슬슬 일어나야 할 것 같은데."

하경은 화들짝 놀랐다. '하경아'라니…. 남들이 있는 자리에서 성은이 자기 이름을 불러준 것은 처음이었다. 게다가 어깨에 둘러진 이 손을 좀 보라. 아주 자연스러운 척하지만, 어색하게 살짝 떨고 있다.

하경이 뛰는 가슴을 진정시키느라 넋을 놓고 있자 주희가 하경의 옆구리를 툭 치며 어서 가라는 듯이 손짓했다.

"어… 어 그래, 가자 가! 미안해 내가 깜빡했어!"

성은은 하경의 손을 잡고 일어서며 모두에게 인사를 건넸다. 하경은 얼떨떨한 표정으로 성은을 따라나섰다. 뒤에서 주희가 "그림 좋은데!" 하고 농담을 건넨 것도 같은데, 성은을 신경 쓰느라 그저 흘려들었다.

성은은 고집스럽게 입을 꾹 다문 채 앞만 보고 걸었다. 뭔가 말을 붙이기 힘든 분위기였다. 도통 무슨 일인지 알 수 없었다.

어느덧 하경의 집 앞에 도착했다. 하경은 간신히 성은에게 말을 건넸다.

"왜, 혹시 뭐 기분 나쁜 일 있었어? 우리 오늘 애들이랑 저녁까지 먹기로 했잖아."

"그런 거 없어, 그냥 좀."

"그냥 좀 뭔데?"

성은은 한참이나 말없이 다른 곳을 보고 서 있었다. 날도 쌀쌀

하고 이게 뭐 하는 짓인가 싶어 하경도 더는 말을 하지 않았다.

두 사람은 아무 말 없이 집 앞에 서서 각자 다른 곳을 응시했다. 질식할 것 같은 침묵을 깨뜨린 것은 성은이었다.

"나도 잘 모르겠어."

"뭘 모르겠는데?"

"내가 갑자기 왜 그랬는지, 왜 그런 마음이 들었는지 모르겠다고."

"무슨 마음?"

성은은 뭔가 말하려다 말고 하경의 얼굴을 슥 보더니 입을 다물었다. 잠시 머뭇거린 후 입을 열었다.

"아까 카페에서 네가 웃을 때마다 왠지 모르게 화가 났어."

"내가 웃을 때마다 화가 났다고? 그게 무슨 소리야?"

그러자 성은의 얼굴이 새빨개졌다. 귀까지 빨갛게 달아오른 성은이 어쩔 수 없다는 듯 힘겹게 말을 뱉었다.

"질투가 났다고."

오, 맙소사. 그러니까, 이 덩치는 산만 한 친구가 질투심을 느꼈다, 이 말입니까? 자기도 말해놓고 부끄러웠는지 고개를 돌린 성은을 보며, 하경은 가슴 한구석이 간질간질했다. 어색함을 없애려고 일부러 손가락으로 성은의 옆구리를 찌르며 하경이 장난을 쳤다.

"요, 요, 앙칼진 애미나이, 말해보라! 뭐가 그렇게 질투가 났는지 그 입으로 직접 말해보라!"

그러자 성은은 대답 없이 하경의 눈을 빤히 바라보기 시작했다. 그래, 저 표정. 세상 진지한 저 표정 때문에 하경은 성은에게 끌렸었다. 옆구리를 찔러대던 하경의 손을 확 잡아챈 성은이 갑작스레 입을 맞췄다.

세상이 멈춘 게 아닐까 싶을 만큼 긴 시간 동안 이어진 농밀한 키스였다.

얽혔던 혀가 풀어지고 겨우 얼굴을 뗀 채 숨을 몰아쉬고 있을 때, 성은의 손이 하경의 허리를 감아왔다. 이어진 포옹과 훅 끼쳐 오는 성은의 체취에 하경은 정신이 하나도 없었다. 그 와중에 하경은 발돋움을 해 성은의 귀에 대고 속삭였다.

"있지, 오늘 처음으로 남들 앞에서 내 이름 부른 거 알아?"

성은은 그런 하경의 속삭임에 부끄러운 듯이 고개를 저으며 더 세게 하경을 안았다. 그러거나 말거나 하경은 성은의 머리칼을 뒤로 넘기며 계속 말을 이어갔다.

"나는 네가 좀 더 사랑을 표현해주면 좋겠어. 뭐 남들 앞에서 엄청 티낼 필요는 없겠지만 그래도 이름을 다정하게 불러준다든가 가벼운 스킨십을 한다든가. 어려운 건 아니잖아? 가끔은 나도 엄청 불안해. 너도 나만큼 날 사랑할까 하는 생각 때문에."

성은은 말없이 고개를 끄덕였다. 하경은 그런 성은의 엉덩이를 툭툭 두들기며 웃었고, 두 사람은 서로의 눈을 바라보다 다시 입을 맞췄다.

처음보다 더 격렬했다. 성은은 앞으로는 좀 더 자신의 마음을 표현하겠다고 약속했고, 하경은 그런 성은에게 고맙다고 화답했다.

약속이라도 한 것처럼, 두 사람은 하경의 자취방으로 올라갔다.

아마도 오늘 밤은 꽤 뜨거운 밤이 되지 않을까? 하고 하경은 생각했다. 이 행복한 느낌이 오래도록 이어지기를 간절히 바랐다.

 작가의 말 – 마리애비

사랑은 표현하는 거라는 말도 있잖아요. 표현하지 않으면 오해가 쌓일 수 있어요. 쑥스럽고 부끄러워 사랑을 표현하는 데 인색했던 남자친구의 달라진 모습을 그려봤습니다.

오늘부터
1일

마포의 기자 정윤 님의 사연
내가 좋아했던 오빠에 대한 얘기를 쓰고 싶어요.
대학교 때 만나 일주일 정도 사귀다 헤어졌지만 10년 가까이 좋아하고 있어요.
이 감정이 뭔지 모르겠어요. 대학 선배여서 선후배 모임 때 가끔씩 보긴 해요.
그는 이제 결혼해서 아이 아빠가 되었는데도 말이에요.
이래저래 남자를 만났지만 길게 연애한 적이 없는 제 이야기도 써주세요.

내가 약속 장소에 나갔을 때, 이미 정윤은 제법 마신 뒤였어. 좀처럼 그렇게 마시는 애가 아니어서 이거 분명 무슨 일이 있구나 싶었지. 아니나 다를까.

"어제가 오빠의 결혼식이었어."

'오빠'는 정윤의 전 남자친구를 말하는 거였어. 그리고 정윤의 전 남자친구라면 나도 좀 아는데, 정윤이 대학 다닐 때부터 10년이나 짝사랑하던 사람이지. 대학교 신입 오리엔테이션 때 처음 만난 선배인데 보자마자 첫눈에 반해서 그 오빠가 속해 있던 신문 동아리에도 들어가고 두 달 정도 '썸'을 타다가 사귀게 되었다나.

그런데 이게 사귀었다고 말하기도 애매한 게, 고작 일주일 만에 헤어진 거야. 도저히 여자로 안 보인다나 뭐라나. 그런 이유를 댔다고 해.

"처음 헤어졌을 때 그냥 끝냈어야 하는 건데."

그래, 그렇게 끝냈으면 되는데 정윤은 미련하게도 그 오빠가 속한 대학 선후배 모임에 꾸준히 나갔던 거야. 마음을 접을 수가 없더래. 동생처럼 느껴진다니까 정말로 친한 동생처럼 곁에 있으려 했던 거지. 차였어도 계속 좋았으니까.

저번 주에도 거기서 그 남자를 봤다더라고.

사실 내가 볼 때는, 갖지 못한 것에 대한 환상이나 로망 같더라고. 단 몇 개월이라도 제대로 사귀고 추억을 만들었더라면 10년이나 짝사랑하지는 못했을 거야. 10년이면 강산도 변하는데, 사람 마음이라고 어떻게 안 변하겠어. 미련 때문에 붙들고 있는 거지.

"내 연애는 왜 항상 이 모양이지?"

씁쓸하게 웃으며 잔을 비우기에 얼른 잔을 채워줬지. 정윤은 취한 건지 혼잣말처럼 중얼중얼 말을 늘어놓았어.

"매번 끝이 이 모양이야. 남자가 바람을 피워 헤어지거나, 내가 차이거나. 심지어 남들처럼 몇 년씩 사귀지도 못해. 반년, 아니면 일 년. 길어야 일 년 반이 전부였어. 정말 뭐가 문제인 걸까. 내가 성격이 유난한 것도 아닌데."

"넌 어느 정도 알고 만나는 게 아니라 알고 싶은 사람을 만나잖아."

"그게 뭐?"

"너도 잘 모르고 그쪽도 잘 모르고. 좋은 점만 보고 일단 만나기부터 하니까 서로에 대해 제대로 아는 순간, 헤어지게 되는 거지. 처음엔 좋은 점만 보다가 나중엔 나쁜 점이 보이니까 실망만 쌓여서."

"그런가?"

"업계 사람은 싫다고 고향 사람만 만나는 것도 그래. 자꾸 장거리 연애를 하게 되잖아. 눈에서 멀어지면 마음도 멀어진다는데, 바람나기 딱 좋지."

너무 쓴소리만 늘어놔서 그런가, 정윤의 얼굴이 좀 굳어져서 얼른 말을 돌렸어.

"아, 근데 진짜 그놈, 그 뭐더라."

"누구 얘기야."

"아, 생각났다. 화수 말이야. 화수, 그놈은 진짜 세상에 다시없을 미친놈이었어."

내가 정윤 옆에서 본 연애사가 한둘이 아니지만, 진짜 세상 그 어떤 욕을 가져다 퍼부어도 부족한 놈이 하나 있었어. 이름은 생각 안 나는데 화수라는 단어는 아직도 떠오를 정도지. 정윤이도 생각났는지 피식 웃더라.

"그래, 미친놈이었지. 여자에 미친놈."

어떻게 미친놈이었냐면, 난 상상도 못 할 정도로 바람둥이였어.

정윤이랑은 꼭 화요일이랑 수요일에만 만나는 놈이었거든. 주말에 만나는 게 편할 텐데 한창 피곤한 평일에만 만나서 처음에는 이상하게 생각했다더라고. 그래도 만나다 보니까 익숙해져서 괜찮더래. 화,수에는 데이트를 하고 주말에는 가족이나 친구들과 보내고. 아예 일정이 잡히니까 오히려 편하더란 거야. 그런데 우연히 그놈의 휴대폰을 보게 되었는데, 어째선지 정윤의 번호를 이름도 아니고 애칭도 아닌 '화수'라고 입력을 해놨다더라고. 이상한 건 전화번호 목록에 월금과 목토도 있더라는 거야. 합쳐보면 딱 각이 나오잖아. 월화수목금토. 월금에만 만나는 여자, 목토에만 만나는 여자, 그리고 화수에만 만나는 정윤. 이렇게 세 여자를 동시에 만나고 있었던 거야. 일요일에 만나는 여자는 왜 없냐고? 그놈이 독실한 기독교인이라 교회 가야 해서 그랬다니. 나 참.

그런데 정윤이도 답답한 게 그걸 다 알고서도 바로 헤어지질 못했어. 왜냐하면….

"오기 같은 게 생겨서 바로 헤어지질 못하겠는 거야. 월금이나 목토보다 내가 부족한 게 있을 리가 없잖아. 이렇게 된 거 화수인 내가 월목금토도 차지해보자, 이런 오기가 생기더라고. 바보같이."

다시 잔이 비었어. 술병도 비었지. 정윤이 한 병 더를 외쳤지만 못 들은 척했어. 이미 많이 취했거든.

"그때 '오빠'가 갑자기 훅 들이대는 거야. 나랑 사귀자고. 그래서 미련 없이 '화수'를 그만뒀어. 10년을 짝사랑하던 사람이 사귀자는데 고민할 필요조차 없었지. 솔직히 지금에서야 하는 말이지만, 그동안 여러 번 연애를 하는 동안에도 계속 오빠를 좋아했었어. 언제든 오빠가 사귀자고 하면 난 그때 설령 사귀는 사람이 있어도 바로 버리고 오빠를 택했을 거야. 그럴 마음의 준비를 하고 있었던 것 같아. 그런데 정말로 오빠는 사귀자고 했고, 마침 사귀던 놈은 그딴 쓰레기였고."

"오빠는 매력이 뭐였어?"

"잘생겼고, 다정다감해."

말없이 정윤의 얘기를 들으며 안주 좀 챙겨줬어. 솔직히 좀 걱정이 되더라고. 얘가 밥은 먹고서 이러는 건가, 하고.

"진짜 오랫동안 짝사랑하던 사람이니까, 사귀면 많이 행복할 줄 알았어. 그런데 알고 보니 동거하는 여자가 있더라고. 심지어 애도 있었어. 그래놓고 나랑 사귀었던 거야. 기가 막혀서 왜 이제 와서 나랑 사귀는 거냐고 물어봤어. 그랬더니 오빠가 그러더라. 내가 자길 몇 년이고 계속 좋아하니까 마지막으로 한 번 사귀어준 거래. 그러면서 청첩장을 주더라고. 그 동거 중이던 여자와 결혼한다면서."

"아주 제대로 마침표를 찍어줬네."

"내가 만만한가. 왜 하는 연애마다 이 모양인지 모르겠어. 내 성격이 이상해서 그런가."

술이 끊어지자 정윤은 주머니를 여기저기 뒤적거렸어. 그리고 담배를 꺼내 물었지. 이번엔 라이터를 찾기에 얼른 내가 가지고 있던 걸 내밀면서 답했어.

"네 성격이 왜? 활달하고 털털하고 씩씩하고, 술 좋아 춤 좋아,

딱 좋구만. 거기다 직장 좋지, 팀장도 달았지. 너 부족한 거 하나도 없어."

"눈이 높지도 않은데."

"이상형이 뭔데?"

"그냥 개그 코드나 화내는 포인트가 비슷하다거나, 취향이 같다거나."

딱, 딱, 소리 내어 담배에 불을 붙인 정윤은 한숨처럼 담배 연기를 길게도 뿜어냈지.

"어려서는 남친이랑 같이 꼭 해봐야지 하는 게 있었는데 지금은 그냥 소소하게 같이 밥 먹고, 영화 보고, 담배 피우고, 술 마시면서 같이 시간을 공유하는 게 좋아 보이더라고."

정윤의 이상형은 딱 그 정도라 하더라고.

그래서 큰맘 먹고 내가 말했어.

"그런 거 할 수 있는 남자 하나 아는데, 소개시켜줄까?"

"어떤 사람인데?"

"네가 전화하면 언제든 나와서 술친구 해주고, 담배는 안 피우면서 라이터는 챙겨 다니고, 네가 보고 싶어 하면 아무리 무서운 영화라도 안 무서운 척 같이 봐주고, 우울하다면 막 재롱도 부려주고, 네가 먹고 싶다면 매운 거 못 먹으면서도 울면서 매운 닭발 먹어줄 준비가 되어 있는 남자지."

"뭐야, 그런 남자가 어디 있어?"

"있지, 물론."

"누군데?"

"나."

아, 그렇게 웃지 좀 마. 나도 말하면서 시공간이 오그라드는 줄 알았으니까.

야, 그래도 축하해줘라.

나, 정윤이랑 오늘부터 1일이다.

 작가의 말 - 잠꼬대

너무 긴 시간 짝사랑만 해서 글에서나마 마침표를 찍으려니까 오빠가 너무 나쁜 사람이 된 것 같아 죄송합니다.
내가 부족해서 짝이 없는 것이 아니라 그저 아직 인연이 되어줄 이를 만나지 못했을 뿐인 거죠. 좋은 연애는 그 자체로 설레고 행복합니다.

미완
예찬

스페인에서 프러포즈를 받은 지빈 님의 사연
스페인 사그라다 파밀리아 대성당 앞에서 프러포즈를 받고 싶어요.

결핍과 미완.

지빈이 자신의 인생을 떠올릴 때마다 따라오는 두 가지 키워드였다. 괜찮은 직장과 안정적인 수입, 저녁이 있는 삶, 이 정도면 나쁘지 않다 싶은 남자친구가 있음에도 뭔가 부족하고 비어 있는 느낌을 지우기가 쉽지 않았다. 머리를 싸매고 고민해봐도 그 이유를 알 수 없었다. 어쩌면 세상의 거의 모든 문제가 그러하듯, 처음부터 답 같은 것은 존재하지 않는 물음일지도 모른다.

어느 날 불쑥 남자친구가 여행을 떠나자고 제안했고, 둘 다 가본 적이 없는 스페인 비행기 티켓을 끊었다. 숨 막히는 일상을 떠나 남자친구와 함께 도착한 스페인. 골치 아픈 물음표 같은 것들은 모두 던져버리고, 현재의 즐거운 느낌표만 붙잡고 있기로 마음

먹었다. 맛있는 음식도 먹고, 좋은 곳들도 구경하면서 그렇게.

남자친구는 엊저녁부터 뭔가를 처리하느라 분주했다. 급하게 수정하고 마무리 지어야 할 업무가 있다면서 노트북을 붙잡고 통 일어나질 못했다. 그래도 내일 점심쯤에는 같이 관광을 가기로 했다. 바르셀로나에 왔으면 누구나 한번쯤은 보고 간다는 가우디의 사그라다 파밀리아 성당으로. 지빈은 가우디의 건축물을 좋아했고, 그중에서도 사그라다 파밀리아 성당은 그녀가 특히 좋아하는 건축물이었다. 자신이 좋아하는 무언가를 남자친구와 공유할 수 있다는 것만으로도 지빈은 모든 것을 이해하리라 마음먹었다.

물론 바쁘다는 것을 이해하는 일과 서운한 마음은 별개였지만.

아직 자기에는 일러 지빈은 홀로 작은 펍에서 절인 올리브를 안주 삼아 생맥주를 두어 잔 마시기로 했다. 한국에서도 퇴근 후에 혼자 맥주를 마시는 일은 꽤나 기꺼운 일이었으니까.

낯선 땅에서 홀로 맥주를 마시다 보니 옆자리가 더 허전하게 다가왔다. 같이 왔으면 좋았을 텐데…. 서른 살을 넘기면서 늘어난 거라곤 참는 법과 포기하는 일에 익숙해졌다는 것뿐이다. 그래서 자신이 더욱 측은하게 느껴질 때도 많다. 혼자 시간을 보내거나 순간을 즐기는 일에는 익숙하다고 생각했는데, 아무래도 착각이었던 모양이다.

지빈이 읽었던 어떤 책에는 그런 내용이 있었다. 그리스의 유명한 희극작가 아리스토파네스가 했던 농담.

옛날 아주 먼 옛날에 인간은 둥근 모습이었고, 지금보다 훨씬 강하고 지혜로웠다. 머리는 하나였지만 얼굴은 둘이었고, 그들은 자신의 힘과 지혜로움을 믿고 신들에게 반항했다. 이에 분노한 제우스는 그들을 둘로 갈라 영원히 서로를 그리워하도록 만들었다. 인간이 끊임없이 다른 이를 그리워하고 갈망하는 이유는 바로 여기서 비롯된 것이다. 한 몸이었던 자신의 반쪽을 찾기 위한 여행, 그것이 바로 인생 아닐까.

물론 아리스토파네스는 인간이 인간을 그리워하는 이유를 단순한 농담으로 풀어낸 것에 지나지 않겠지만, 지빈은 꽤나 핵심을 잘 짚은 농담이 아닐까 하고 감탄한 기억이 있다.

숙소로 돌아왔을 때 남자친구는 지친 얼굴로 잠을 자고 있었다. 그런 남자친구의 얼굴을 물끄러미 바라보았다. 측은함과 사랑스러움이 동시에 느껴졌다. 그래 어쩌면 이 사람이 나의 반쪽일지도 몰라 하는 생각이 들었다. 나쁘지 않은 기분이었다. 사랑스러운 나의 반쪽. 이 사람이라면 생각보다 더 괜찮지 않을까 하는 그런 기분.

지빈은 그 옆에 누워 천천히 잠을 청했다. 내일은 분명 오늘보다 더 행복한 시간이 되겠지 하는 마음으로.

다음 날 해산물이 듬뿍 들어간 빠에야에 상그리아를 곁들인 아침식사를 마치고 두 사람은 사그라다 파밀리아 성당으로 향했다. 남자친구는 유난히 들뜬 모습이었다. 어제 처리한 일이 잘 풀린 건지 아니면 좋은 일이라도 있는 건지 알 수 없었지만 어쨌든 즐거운 일이었다. 이국적인 스페인의 거리를 지나 두 사람은 사그라다 파밀리아 성당에 도착했다.

'인간의 창조적 천재성이 어디까지 향할 수 있는가를 보여주는 걸작.'

'완공되기도 전에 준대성전으로 승격된, 교단에서도 주목하고 있는 성당.'

사그라다 파밀리아 성당은 완공되지 않았음에도 불구하고 여전히 웅장하고 아름다운 모습으로 그곳에 서 있었다. 미완성이라는 점이 더욱 지빈의 마음을 끌었다. 그래, 미완이라고 해서 아름답지 않은 게 아니지. 완성을 향해 가는 과정과 그 모습도 얼마든지 아름다울 수 있어, 하는 생각을 했다.

지빈이 그런 생각을 하고 있을 때, 남자친구가 가슴팍에서 무언가를 꺼내더니 지빈의 이름을 불렀다. 남자친구가 꺼낸 것은 작고 귀여운 곰 인형과 그 품에 안긴 목걸이 케이스였다. 생각지도 못한 선물에 지빈은 깜짝 놀라 남자친구의 얼굴을 바라보았다.

발갛게 상기된 볼과 귀, 작게 떨리는 손, 긴장한 티가 역력한 그 모습이 참 귀엽다는 생각을 했다.

결혼은 귀찮다고, 굳이 제도적인 허울에 얽매일 필요가 있느냐고 하더니 언제 이런 걸 다 준비했을까? 잔잔한 감동이 발끝에서부터 천천히 차올랐다.

그래, 이 사람이라면 괜찮을지도 몰라. 결핍과 미완의 인생을 함께 완성해나갈 내 반쪽으로.

지빈은 환하게 미소 지었다. 유난히 햇살이 좋은, 헤어졌던 반쪽 둘이 마침내 하나가 된 행복한 순간이었다.

 작가의 말 - 마리애비

결핍과 미완을 채워나가는 것이 삶의 의미이자 목표가 아닐까요?
두 분이 앞으로 영원히 함께하며 더 아름답고 소중한 순간을 만들어가길 바랍니다.

격정
남녀

홍대에서 만난 커플 가령 님과 철규 님의 사연
오래 사귀다 보니 남자친구의 단점이 점점 더 눈에 들어왔어요.
그러던 차에 일본 여행을 통해 남자친구의 소중함을 느꼈어요.
남자친구와의 러브스토리를 소설로 써보고 싶어요.

"내가 어디가 좋아?"

"음…, 예뻐서."

영혼 없는 답변이 흘러나왔다. 멋진 대사는 기대도 안 했지만 실망스러웠다. 철규는 내 속도 모르고 빙글빙글 웃기만 한다. 사귄 지 3년이 넘어가면서 콩깍지가 벗겨지는 건지 묵묵했던 성격은 온데간데없고, 자기 주관이 뚜렷한 것도 이기적으로 보였다. '이런 인간, 어디가 좋다고 고백을 했지…. 이젠 내가 지겨워진 걸까?' 온갖 생각이 꼬리에 꼬리를 물었다.

"그게 다야?"

"음…."

고구마를 먹은 듯 가슴이 답답해왔다. 이런 강적이 또 있을까 싶었다. 불만이 있으면 바로바로 털어내 답답함을 모르고 살았는데, 어째 철규와 마주하고 있으면 다 털어내도 시원하다든가, 통쾌하다든가 하는 마음이 들지 않았다. 철규는 남에게 신경을 쓰는 법이 없었다. 거기에 나까지 포함되고 싶지 않았다. 말이 없는 편도 아니건만 이럴 때면 유달리 딴청을 피우고 말을 아꼈다. 이런 걸 과묵하다고 착각했으니…. 평소엔 잘만 마시던 아메리카노가 쓰디쓰다. 차라리 나이가 많든가 아니면 연하라 다루기라도 쉽든가 동갑내기끼리의 연애란 지난하고 또 지난했다.

"예매는 했어? 보고 싶은 영화 있다며?"

"가서 하면 돼. 설마 자리가 없겠어?"

철규는 여유를 부리며 말했다.

"주말에 예매도 안 하고 어떻게 봐? 잠깐만."

나는 스마트폰으로 상영시간표를 찾았다. 역시나 맨 앞자리 두세 군데 빼고는 전부 매진이었다.

"이거 봐봐. 다 매진이네. 이런 건 미리미리 예매하라고 했잖아, 내가."

"그럼, 다음에 보지 뭐."

철규는 느긋한 표정으로 나를 바라보며 말했다. 한 대 때려주고 싶은 얼굴이다.

'성격 차이가 너무 큰 게 아닐까?'

데이트를 마치고 집에 돌아와 누웠을 때 문득 생각했다. 나는 계획적이고 완벽주의자인 데 반해 철규는 어딘지 허술하고 대충

인 구석이 있었다. 나는 일 때문에라도 의식해서 꾸미는 편이고 스타일을 좀 낸다고 생각하는데, 철규는 갈수록 옷차림이 간소해지더니 최근에는 부랑자처럼 입고 다니는 게 영 마음에 들지 않았다. 화를 내봐도 그때뿐이었다. 정말이지, 강적이다. 뭔가 돌파구가 필요한 순간이라는 느낌이 들었다. 나는 철규의 계획성 없는 성격이 마음에 들지 않았고, 어떻게 하면 성격을 고쳐볼까 하다가 여행 계획을 전부 철규에게 맡기기로 했다.

헌데 웬걸? 철규는 계획 하나 없이 후쿠오카에서 벳부까지 재밌는 곳들을 찾아냈다. 끝내주는 라멘집부터 디저트 가게까지 척척 발견하고 바닷가가 보이는 온천 료칸까지 예약해놓았다.
"벳부는 온천이 너무 많아서 오히려 냉수를 쓸 때 요금이 붙는대."
철규는 자신만만하게 말했다. 생각 없이 움직이는 줄 알았더니 나름 조사를 한 모양이었다. 철규가 다시 보이기 시작했다. 원숭이를 만나기 전까지는.
그날 밤 철규가 이끄는 대로 도착한 곳은 노천온천이었다. 료칸에도 온천이 있었지만, 늦은 밤에 아무도 없는 노천온천은 꽤 매력적인 장소였다. 어떻게 이런 장소를 찾아냈는지 놀랍기도 하고 재밌기도 해서 망설임 없이 함께 몸을 담그고 밤하늘을 올려다보았다.
그 순간 원숭이와 눈을 마주쳤다.

너무 놀라 비명을 지르자 원숭이는 순식간에 저만치 멀어졌다. 내 원피스까지 손에 들고서. 순식간에 일어난 일이라 아무것도 할 수 없었다. 철규 역시 당혹스런 표정으로 나를 쳐다볼 뿐이었다.

"아, 어떡해, 이제!"

너무 놀라 눈물이 핑 돌았다.

"괜찮아, 괜찮아. 가령아, 잠깐만 기다려봐."

철규는 온천에서 나와 옷가지를 챙기기 시작했다. 가방에는 미리 준비한 듯한 긴 수건이 있었다. 이런 준비성이 있었나 싶어 내심 놀랐다.

그리스인처럼 수건을 감은 남자와 남자 옷을 입은 여자가 야산에서 내려오는 모습. 바로 우리다. 오랜만에 과묵한 모습의 철규를 보면서 든든함을 느꼈다. 여행을 하면 그 사람의 진면목을 볼 수 있다고 했던가. 비록 완벽하진 않지만, 완벽하지 않아도 지금 그대로 좋은 사람이 내 옆에 있었다.

 작가의 말 - Q

어려움에 처했을 때 사람의 진가가 발휘되는 법이죠.
그 정도라면 믿고 의지해도 될 사람이 분명하네요.
앞으로도 계속 상대방의 새로운 장점을 찾아가는 사랑을 하길 바랄게요.

밤에
피는 꽃

•

분당에 사는 직장인 정인 님의 사연
한 모임에서 '밤에 피는 꽃'이라며 자신을 소개하는 남자친구를 보며
처음엔 실없는 사람이라 생각해 피했어요.
어쩌다 보니 연인이 되었고 3년이 되어갑니다.
갑자기 내년에 지방으로 일하러 간대요.
떨어져 있어야 한다는 생각에 둘 다 마음이 싱숭생숭합니다.

1.
밤에 피는 꽃은
실없어요.

분당에서 여는 직장인 모임
약속시간보다 늦게 나타난 한 남자.
왜 이제야 오냐는 말에

밤에 피는 꽃이라 늦었대요.

2.
밤에 피는 꽃은
이상하지 않아요.

모임이 워낙 커서 회원이 몇백 명
체육대회를 나갔는데
같은 나이끼리 한 팀으로 묶였어요.

친하게 지내던 친구가 알려줬어요.
이상한 사람 아니래요.
또 다른 친구도 심심할 때 그 사람이랑 통화하는데
이상한 사람 아니래요.
번호 교환해서 가끔 연락해보래요. 재미있대요.

밤에 피는 꽃이라 했지만
생각보다 이상한 사람은
아닌 것 같아요.

3.
밤에 피는 꽃은
소심해요.
결국 번호를 교환했어요. 처음엔 카톡부터 텄어요.

직장이 근처여서 종종 만나다 보니
주변 사람들도 잘 챙기는 모습에
생각보다 바른 사람이란 걸 알았죠.

어느 날 모임이 끝나고
밤에 피는 꽃과 늦은 저녁을 먹으며
많은 대화를 나누게 되었어요.

그런데 그가 그동안 나에게 서운함을 느꼈대요.
어느 날은 카톡 답변이 빨랐다가 어느 날은 한참 늦고
내 연락이 고무줄 같으니까
답답하고 화가 났대요.
그래서 일부러 자기도 연락을 안 하기도 하고
혼자 밀당을 했대요.
난 그냥 일 때문에 휴대폰 확인을 잘 못한 건데.

밤에 피는 꽃이라 그런가
소심해요.

4.
밤에 피는 꽃이
보고 싶어요.

분당에서 교제한 지 3년.
그런데 올해 돈 벌러 지방에 내려가게 되었어요.
그가 부산에 가 있어요.

잘 지낼까 걱정도 되고, 심심하다고 하네요.
자갈치 시장도 가보고, 부산 아쿠아리움도 가보고,
돼지국밥도 먹어봤겠죠? 그래도 날 만나는 게 제일 좋다 하네요.

깊은 밤, 잠 안 오는 오늘 같은 밤,
왠지 모르게

밤에 피는 꽃이
보고 싶네요.

 작가의 말 - 약빤꽃게

사람은 첫인상이 다가 아니라는 걸 새삼 알았습니다. 예쁘게 사랑하세요.

나의 하루 끝엔
항상 네가

창원에 사는 학원강사 태수 님의 사연
서른아홉. 더는 연애를 못 할 줄 알았는데 몇 달 전,
우연히 네 살 연상의 생일이 같은 사람을 만나 가끔 영화를 보고,
몇 번쯤 만나다가 어느덧 연인이 되었습니다.
다시 한 번 설레기 시작합니다.

하루의 끝에 피로한 몸을 이끌고 집으로 향하는 길. 애처로이 홀로 우뚝 서 있는 가로등 불빛이 나 같다는 생각을 했다. 회사에서 이리저리 치이다 보니 내 청춘이 너무도 쉽게 지나온 듯해 가슴이 아렸다. 익숙했던 일상이 갑자기 낯설게 느껴진다. 새로운 만남, 설렘이라는 감정처럼 한동안 밀쳐둔 것들을 내 삶에 들이고 싶어졌다.

갑작스럽게 다가온 허무함과 공허함을 떨쳐내려고 영어스터디를 시작했다. 스터디 모임의 멤버들과 간단한 인사를 나누고 어느 정도 시간이 흘렀을까, 갑자기 문 열리는 소리가 들렸다. 그곳에 늦어서 미안하다며 연신 고개를 숙여 인사하는 그녀가 있었다. 그녀가 내 앞에 앉아 "안녕하세요"라며 인사를 하자 나도 모르게 얼

굴이 달아올랐다. 수줍게 인사를 건네자 그녀가 활짝 웃었다. 아마 너는 모르겠지. 그때 내가 이미 반해버렸다는 것을.

영어는 전혀 눈에 들어오지 않았다. 온통 그녀의 손짓, 몸짓에 정신이 팔렸다. 그녀가 다른 사람을 향해 웃는 모습, 귀 기울이는 모습, 집중하는 모습, 심지어 볼펜으로 열심히 쓰는 모습마저 놓치기 싫어 힐끔거렸다. 습자지에 물이 스며들 듯 그녀는 서서히 내 가슴으로 들어왔다.

너무 오랜만에 느껴본 설렘이었다. 누군가를 보고 이토록 가슴이 뛰다니, 너무나 생경한 경험이라 어쩔 줄 몰랐다. 그사이 수업은 끝이 나고 그녀는 내게 "수고하셨습니다" 하며 예의 그 함박웃음을 지었다. 내 가슴은 더욱 쿵쾅거렸다. 그때 나도 모르게 그녀에게 말을 꺼냈다.

"저기, 혹시 죄송한데 연락처 좀 알 수 있을까요?"

그녀는 순간 당황한 기색이었지만 내 모습에서 진심을 느낀 것 같았다.

"네, 알겠어요. 핸드폰 줘보세요."

핸드폰을 달라는 그녀의 말에 나도 모르게 활짝 웃고 말았다. 그녀도 나를 따라 활짝 웃어 보였다.

"꼭 연락드리겠습니다."

집으로 돌아가는 길 내내 입에서 미소가 떠나지 않았다. 바쁜 일상에 지쳐 감정이 메마른 줄 알았는데, 신기했다. 참으로 오랜만에 느끼는 설렘이었고 그 감정 하나로 모든 것이 달라 보였다.

집에 오자마자 하염없이 그녀의 번호를 바라보았다. 마치 스무 살에 첫 연애를 시작하는 사람마냥 연락을 할까 말까 한참을 망설였다. 용기를 내어 그녀에게 전화를 걸었다.

수신음이 내 귀를 타고 울려 퍼지자 손이 바들바들 떨리기 시작했다. 수신음을 기다리는 동안 나는 마치 길을 잃은 어린아이처럼 초조하고 긴장됐다.

"여보세요?"

그녀가 받았다. 나는 순간 깜짝 놀라서 어쩔 줄을 모르고 있다가 용기를 쥐어짜 그녀에게 물었다.

"내일 시간 괜찮으세요?"

그녀는 한참을 말없이 있다가 나지막이 물었다.

"네, 괜찮아요. 언제 볼까요?"

그 대답을 시작으로 이것저것 궁금한 것을 묻다가 그녀가 나와 생일이 같다는 사실을 알게 되었다.

"생일이 저랑 같으시네요?"

"그러게요."

그녀는 가볍게 웃었고 덩달아 내 얼굴에도 미소가 흘렀다. 그녀는 나보다 나이가 많았지만 아무 상관없었다.

"그 나이로 보이지 않아요. 처음 마주친 순간부터 너무 설레서 그런가요. 하하."

그녀는 웃음을 터뜨렸다.

"내일 만나서 뭐 할까요?"

한참을 생각하던 그녀는 밥이나 영화를 보고 싶다고 했다. 그날 나는 너무 설레어 밤새 한숨도 자지 못했다.

첫 데이트 날, 하늘하늘한 그녀의 옷과 화사한 웃음을 지금도 잊을 수 없다. 영화를 보면서도 정신은 온통 그녀에게 가 있었다. 그녀가 옆에 있다는 사실만으로도 가슴이 벅찼다. 살짝살짝 그녀와 손길이 스칠 때마다 심장이 뛰었다.

"오늘 영화 어땠어요?"

"좋았던 것 같아요. 같이 봐서 그런지."

그녀는 수줍게 자신의 손을 내밀었다. 나는 그녀의 손을 맞잡았다. 그렇게 한참을 손을 잡고 거닐었다. 문득 마주친 길거리의 가로등이 예전처럼 애처로워 보이지 않았다. 밝은 빛으로 우리를 축복해주는 듯했다. 갑자기 감정을 억누를 수 없었다.

"저요. 사실 그동안 연애세포가 다 죽은 줄 알았어요."

"그래요?"

"근데 아니에요. 같이 걸어가고 싶은 사람이 생겼어요."

"그게 누군데요?"

"당신이요."

그녀는 내 표정을 바라보다가 고개를 끄덕이며 살포시 웃었다.

지금 그녀를 만나러 가는 길, 저 멀리서 그녀의 모습이 보이기 시작한다. 나는 그녀를 처음 본 그날처럼 그녀를 살피고 또 살폈다. 저기에 서 있는 사람이 정말로 내게로 온 그녀가 맞는지 감사한 마음으로 말이다. 주위를 두리번거리다가 나를 발견한 그녀는 한껏 예쁘게 웃어 보였다. 그런 그녀를 보며 다짐한다. 내게 다시는 오지 않을 사랑이며, 내게 설렘을 준 이 사람을 놓치지 않겠다고. 나의 하루 끝엔 항상 그녀가 있었으면 좋겠다고 말이다.

 작가의 말 - 강비유

나만의 '그녀'를 만나면 첫눈에 알아볼 수 있나 봅니다.
죽었던 연애세포도 다시 깨어나고요.
상대에 대한 설렘과 사랑이 반짝이던 그 눈빛을 한동안 잊을 수 없을 것 같네요.

갈림길에서
당신이 있는 쪽으로

분당에 사는 직장인 희정 님의 사연
스터디 모임에서 잠깐 만났다가 2년 후 그 남자의 연락으로 커플이 되었어요.
일명 '롱디커플(장거리 연애)'로 2년간 연애하다 결혼하여 함께 살고 있습니다.
인연을 알아봐준 그에게 우리의 러브스토리를 선물하고 싶어요.

당신이 한참을 머뭇거리다 중요한 말이 있다고 운을 뗐을 때 잔뜩 긴장한 모습이 평소 당신답지 않아 조금 어리둥절했다. 무슨 일일까?

잠시 후 한껏 진지한 표정으로 당신이 "나와 결혼해줘. 영원히 당신과 함께하고 싶어"라며 청혼했을 때 속으로는 좋으면서도 너무 당황해서 바로 대답이 나오지 않았다.

가끔 프러포즈 받는 날을 상상하기도 했는데 막상 현실이 되고 보니 너무 좋아서 머릿속이 백지장처럼 하얗게 변했다.

대답 대신 첫 만남 후 2년이 지나 갑작스럽게 당신이 다시 연락을 해왔을 때가 떠올랐다.

우리는 어느 스터디 모임에서 처음 만났다. 당시 당신에게 호감이 있었는데, 당신도 나에게 호감이 있었다는 것을 나중에 들어 알게 되었다.

사랑은 타이밍이라 했는데 이상하게 우리는 잘 이어지지 않았고, 연락이 소원해지다 결국 만남은 흐지부지 끝이 났다. 나는 그저 스쳐가는 인연 중 하나라고 여겼다.

그로부터 2년이 지난 어느날, 당신이 다시 연락을 해왔다. 당황하는 나와 달리 당신은 어제도 만난 사이처럼 반가운 목소리로 말했다. 만나서 얼굴을 보고 싶다고. 한참을 어떻게 할까 망설이다가 결국 나는 당신을 만나는 쪽으로 선택했다.

2년 만에 만난 당신은 그동안의 내 안부를 물었고 어색함을 풀기 위해 무진 애를 썼다. 나는 그런 당신이 사려 깊고 귀엽다고 생각했다.

당신은 내가 기억하던 것보다 더 재밌고 사랑스럽고 좋은 사람이었다.

우리는 마치 같은 퍼즐에서 나온, 바로 이웃한 두 개의 조각처럼 잘 맞았다. 나의 모난 부분을 당신이 감싸주었고, 당신이 모자란 부분을 내가 채워주었으니까.

당신과 몇 번 더 만나면서 나는 당신을 놓치고 싶지 않다고 생각했다. 그러나 상황은 좋지 않았다. 당신이 사는 곳과 내가 사는 곳은 서로 멀리 떨어져 있었다.

나는 과연 우리가 장거리 연애를 잘할 수 있을지 고민이 됐다.

우리는 일단 시작하는 쪽을 선택했다. 막상 사귀고 보니 연애에서 거리는 큰 문제가 아니었다. 오히려 멀리 떨어진 만큼 서로가 더 그립고 애틋했다.

지난 몇 년간 당신과 함께 보낸 소중한 추억들이 하나씩 떠오른다. 매일 보지는 못했지만 당신을 만날 때마다 함께 본 영화들, 같이 먹었던 식사들, 같이 데이트하며 익숙해진 장소의 풍경들. 서로가 멀리 떨어져 있을 때면 핸드폰을 댄 한쪽 귀가 뜨거워질 때까지 전화 통화를 하던 밤들도.

그런 밤이면 통화를 끝내고 침대에 누워서도 당신과의 대화를 다시 떠올려보느라 잠을 못 이루고 뒤척이곤 했다. 이 모두가 가난했던 내 기억을 풍요롭게 채워주었다.

이제야 알 것 같다. 당신을 다시 만나러 가기로 한 그날의 선택이 내 인생의 행복과 사랑을 결정했음을, 장거리 연애를 해보기로 한 선택이 내 삶을 좌우했음을, 갈림길 앞에서 매번 당신이 있는 쪽으로 내딛은 그 한두 걸음이 내 인생에서 그토록 중요했음을.

생각이 여기에 이르렀을 때, 당신이 나를 바라보며 초초하게 내 대답을 기다리고 있다는 것을 알아차렸다. 지금 나는 다시 두 갈래 갈림길 앞에 서 있고 당신은 갈림길 한쪽 끝에서 나를 기다리고 있다.

내가 "좋아요"라고 웃으며 당신의 손을 잡아주자 당신의 얼굴에도 순수한 기쁨이 번진다. 나는 그런 당신을 보며 마음속으로 다짐한다.

앞으로도 나는 계속 갈림길을 맞닥뜨리겠지만, 이제는 당신과 함께 가겠다고. 당신의 손을 꼭 잡고서.

 작가의 말 - 조이

사연을 읽으면서 인생의 중요한 순간에 언제나 사랑을 선택하는 길을 걸었다는 생각이 들었습니다. 그래서 갈림길 앞에 서 있는 사람의 이미지가 떠올랐고 이를 바탕으로 이야기를 썼습니다.

세상에서 가장
어려운 작전

금천에서 회계일을 하는 나연 님의 사연
1년 전 소개로 특전사 직업군인 남자친구를 만났습니다.
서로 미숙하여 한 번 이별을 겪었지만 다시 만나 내년에 결혼을 합니다.
한 번 이별한 커플은 또 헤어진다고들 하지만, 끝까지 가보기로 했습니다.
저희의 이야기를 제작하여 기념하고 선물하고 싶습니다.
혹한기 훈련을 마치고 돌아올 제 남자친구에게.

있잖아, 지금부터 내가 하는 얘기가 완전 이상하고 엉뚱해도 꼭 믿어줘야 해. 나도 솔직히 헛것을 본 건 아닌지, 정말 요정을 만난 건지 확신이 안 서니까.

술 마셨냐고? 어제 잠을 못 잤냐고?

그런 거 아니야! 묻지 말고 일단 들어줘.

너랑 싸우고 너무 우울하고 슬퍼서 방에서 훌쩍거리고 있었어. 생각해보면 내가 꼭 잘한 것도 아니고 싸울 일도 아니었는데. 게다가 너는 곧 있으면 훈련 가야 하는데 바보같이 너랑 싸웠다고 생각하니 나한테 너무 화가 나는 거야. 네가 걱정도 되고.

너도 알잖아, 내가 보기보다 속이 깊은 애란 걸.

웃지 말고 들어봐.

울다가 멍해져서 가만히 허공을 응시하는데 문이 열리는 소리가 들리는 거야. 그러곤 내 키의 절반쯤 되는 여자아이가 방 안으로 들어와 방이 환해졌어. 나는 소스라치게 놀라 소리를 질렀어.
"너 누구야?"
여자아이는 뾰로통하게 대답했지.
"어휴, 놀래라. 나는 이모를 담당하는 사랑의 요정이에요. 첫인사 치고는 꽤 터프하네요."
"너, 지금 나를 놀리니?"
"놀리다니요. 저는 일하는 중이에요. 이상하게 제가 담당한 고객들은 하나같이 이모 같다니까요."
나도 이게 꿈이라는 생각이 번뜩 들었어. 그래서 볼을 꼬집는데 엄청 아픈 거야. 꼬마는 킥킥거리며 웃었어.
"꿈이라고 생각해도 좋아요. 그리고 어차피 꿈으로 기억하게 될 거예요."
"좋아, 근데 넌 여길 왜 온 거니? 사랑의 요정은 또 뭐야?"
"말했잖아요, 일하는 중이라고요. 정말 잘 맞는 커플이 깨지면 실적이 안 좋아져서 인센티브를 못 받는단 말이에요. 아, 이건 좀 딴 얘기였어요."
"뭐라는 거니?"
"방금 한 말은 신경 쓰지 마시고요. 그냥 전 이모를 도와주려고 왔어요. 도대체 남자친구랑 왜 싸운 거예요?"
꼬마인데도 날 달래면서 말하는 솜씨가 제법이더라고. 이상하게 마음 잘 맞는 친구랑 속마음을 털어놓는 그런 기분이 들었어.

내가 너한테 속상했던 것들, 내가 잘못했던 일들, 소소하지만 켜켜이 쌓여 굳어버린 오해들을 차근차근 말해줬지. 가끔은 울기도 했는데 요정 꼬마는 그때마다 날 다독이면서 티슈도 빌려줬어.

"어렵네요, 참."

"그냥 한심하지 않아?"

"한심하긴요. 사랑이 얼마나 힘든 일인데요. 제 고객들도 모두 힘들어해요. 남자친구가 군인이죠?"

"응. 특전사야."

"와우, 빡세겠다."

"난 그래서 남자친구가 더 믿음직스럽고 좋아. 훈련이 힘들다니깐 걱정이 되긴 해도…."

"연애도 사랑도 결혼도 훈련이죠, 뭐." 꼬마 요정이 한숨을 쉬며 말했어.

너무 애어른 같은 반응이라 나도 모르게 웃음이 나오더라. 그런데 요정이 진지하게 말을 이어나갔어.

"저는 군대는 안 가봤지만, 그래도 남자들을 담당하는 동료들 얘기를 들어보면 군대 생활이 쉽지는 않은 것 같아요. 특히 큰 훈련이 있으면 다들 신경도 곤두서고 긴장도 많이 하죠. 근데 20년, 30년을 서로 다르게 자라온 두 사람이 만나서 같이 맞춰나가는 것도 참 힘든 일이잖아요. 화가 나도 바로 지르지 말고 상대방의 입장을 생각해줘야 하고, 항상 서로 이야기도 많이 해야 하고, 꾸준히 자기 자신의 진짜 모습을 상대방에게 보여줘야 하죠. 그래야 상대방이 불안해하지 않으니까."

나는 마른침을 삼키고 꼬마에게 다음 이야기를 재촉했어.

"남자친구 분이 특전사니까, 이렇게 생각하면 어떨까요? 우리는 지금 세상에서 가장 어려운 작전을 장기 수행 중이다! 목표는 서로가 서로에게 길들여지는 것, 그래서 서로를 자유롭게 놔주면서도 신뢰를 가질 수 있는 사이가 되는 것이라고요. 그럼 잘해봐요! 충성!"

꼬마 요정은 어설프게 거수경례를 따라 하더니 사라져버렸어. 그러고는 방이 다시 어둑어둑해졌어.

내 이야기가 너무 이상했니? 근데 이게 실제 있었던 일인지, 헛것을 본 건지는 중요하지 않은 것 같아.

다만 그 꼬마가 말했던 '세상에서 가장 어려운 작전'을 너랑 같이 수행하고 싶다는 말을 하고 싶어.

훈련 잘 다녀오고 돌아와서 다시 이야기하자.

몸조심하고, 사랑해.

 작가의 말 – 조이

요정의 말처럼 사랑을 하는 것, 사랑을 지켜내는 것은 정말 어려운 일이라고 생각합니다. 그 길을 용감히 걸어가는 두 사람이 부럽기도 하고 대단하다는 생각도 듭니다.

미뢰가 닳는다
하더라도

•
의왕에서 신혼생활을 시작한 민서 님과 형종 님의 사연
1년 전 소개로 만난 우리 두 사람은 먹는 재미를 중요하게 생각해요.
그래서 둘이 가장 많은 시간을 보내는 것도 식사였고, 여행을 가더라도 오직 맛 기행!
결혼을 해서도 둘만의 시간을 위해 DINK족(자녀를 두지 않는 맞벌이부부)이 되기로 했어요.

〈식단 계획표〉

1일

아침 : 감자샐러드와 버터에 구운 바게트

점심 : 새로 생긴 피자집

저녁 : 깐풍기와 양장피, 연태(고량주)…

"어때? 찬성?"

"점심만 반대, 친구가 거기 가봤는데 맛없대."

"그래? 후기 보면 괜찮다던데…."

한 주가 시작되기 전 우리 부부가 하는 첫 번째 일은 그 주에 먹을 음식들을 미리 정하는 것이다. 간혹 어떤 이들은 평생 그렇게 살 수 없다며 걱정 내지 타박을 하지만, 행복의 기준은 사람마다 다 다르지 않은가. 우리는 함께 다양한 맛을 보러 다니는 것이 바로 행복이었고, 연애 초기부터 지금까지 변함이 없다.

여행을 가더라도 그 지역의 음식을 최대한 많이 맛보고 오는 것이 목표였고, 외식을 하더라도 익숙한 것보다는 새롭고 신기하거나 혹은 알려지지 않은 곳의 음식을 맛보는 도전을 좋아했다.

다만 결혼생활을 시작한 지금, 연애 때와 달라진 것은 이러한 생활 도중 반 재미로 시작했던 맛집 기행 및 리뷰 활동이 입소문을 타서 수만 명의 팔로워를 이끄는 부부 리뷰어가 되었다는 점이다. 보통의 부부들이 하는 육아 고민 대신, 본업을 하면서도 음식 콘텐츠를 발굴하고 팬 이벤트를 계획한다. 결혼한 친구들과 이야기를 하다 보면 육아보다 힘들 수도 있겠다 싶지만 재미있고 행복해서 큰 문제는 아니다.

"거기 말고 한식당은 어때? 아침이랑 저녁 식사가 무게감이 좀 있는 것 같아."

"조금 깔끔한 걸로 균형을 맞추자는 거지?"

"그렇지, 척하면 척이네."

하지만 음식을 논할 때는 아무리 서로 사랑한다고 해도 한 치의 양보나 방심도 용납하지 않는다. 아침에 의외로 칼로리가 있는 감자 그리고 버터, 저녁에도 무게 있는 중식 메뉴에다가 고량주가 있음에도 어느 하나 무게를 덜어주는 메뉴가 없었다는 것은 당연히 큰 문제일 수밖에 없었다.

"그럼 일단 한식당으로 하고, 세부 메뉴를 정해보자. 난 국수가 괜찮을 것 같아."

"국물이 깔끔해도 면이 밀가루라 조금 그렇지 않아? 쌈밥도 나쁘지 않은 선택 같은데."

"선택이 갈리니까 다른 걸 바꿔서 차라리 아침 메뉴를 국수로 하는 건 어때? 감자 삶고 빵 굽고 하려면 시간 걸리잖아."

"오, 좋아! 그러면 아침은 국수로 하고, 점심은 자기 말대로 피자집에 가보자. 입맛은 다를 수 있으니까."

다행히 남편이 새로운 방향을 제시해 협상이 극적으로 이뤄졌다. 이렇게 또 한 주간 행복한 식사를 하며 보내게 되었다.

"그런데 다음 주는 뭐 먹지?"

 작가의 말 – equ

새로운 맛을 탐험하는 재미에 빠진 두 사람이 참 행복해 보였습니다.
미뢰(혀에 있는 맛봉오리)가 닳는다 하더라도 두 분의 맛 기행이 언제까지나 계속되길 바랍니다.

4장

일 혹은 직장

강남에 사는
직장인
현호 님

**우리 팀이
폭발했다**

퇴마사들

양재 스타트업에서 근무하는 상현 님의 사연
저는 대기업 증권사에서 7년간 근무하다 2년 전 이직을 권유받고 스타트업에 몸담고 있습니다.
내가 가는 길이 과연 올바른 방향인지 매일같이 고민하고 염려합니다.
여전히 낯설고 어려운 먹고사는 문제를 고민하는 저에게 희망 어린 소설이었으면 합니다.

상현은 멍하니 앉아 상념에 빠져 있었다.

사무실 근처의 카페다. 여러 회사가 모여 있는 곳답게 시끌벅적한 분위기지만, 상현은 침울한 얼굴이었다. 컨디션이 좋지 않아 끼니를 거른 참이었다. 겨우 한 모금 마시고 차갑게 식은 커피를 앞에 두고 있었다. 오후 12시 50분. 늦지 않게 복귀하려면 슬슬 일어나야 할 시간이었다. 그러나 내키지 않았다.

갑작스럽게 생겨난 변덕은 아니었다. 2년 전, 새로운 목표와 책임으로 온몸이 열정으로 가득 찼던 그날 이후, 온갖 예상한 어려움과 예상치 못한 어려움, 때로는 상상조차 하지 못한 어려움을 겪었다. 이 무시무시한 밥벌이의 정글에서 버틴 2년 동안, 조금씩 그의 열정은 새어 나가고 있었다. 그리고 그의 마음 밑바닥에 고여 있던 마지막 열정 한 방울은, 늦잠을 자는 바람에 다급하게 출근해야 했던 오늘 아침 모두 태워버린 것이다.

눈앞에 아내와 어린 아들의 모습이 보이는 착각을 느꼈다. 아내와 여유롭게 밥이라도 먹어본 게 언제인지, 퇴근 후 잠들지 않은 아들의 모습을 본 게 언제인지 기억도 나지 않았다.

그는 늘 타인에게 긍정적인 영향을 주고 싶었다. 그리고 그 1순위는 가족이었다. 2년 전 안정적이었던 대기업을 퇴사해 새롭게 스타트업에 뛰어들 때도 가장 큰 이유 중 하나가 가족이었다. 그러나 좋은 남편이자 좋은 아빠이고 싶어 전력 질주했던 시간들이 최근엔 자신을 정반대로 이끌고 있는 게 아닌지 의구심이 들었다. 우울했다.

"김상현 씨 맞죠?"

아내가 입을 열어 묻고 나서야, 상현은 그 모습이 자신이 그려낸 환상이 아니라는 것을 깨달았다. 어느샌가 아내와 아이가 눈앞에 서 있었다.

"이 시간에 여긴 어떻게… 애까지 데리고…."

아내는 못 들은 척하며 품에서 명함을 꺼내 건넸다. 아무래도 수제로 제작한 듯 만듦새가 엉성했다.

'전문 퇴마사 고스트 디스트로이어. 퇴마, 작명, 사주, 택일, 손금, 관상'

그러고 보니 아내와 아들은 검정과 흰색이 섞인 도복 같은 걸

입고 있었다. 영화 속에 나오는 퇴마사와 비슷한 모습이긴 했다. 상현은 황당함에 무어라 말할 겨를을 놓쳤다.

"반갑습니다. 전문 퇴마사 '디스트'라고 합니다. 이쪽은 제 조수 '로이어'구요."

"안녕하세요."

아들, 아니 로이어는 공손하게 배꼽인사를 했다. 상현이 뭔가 말할 틈도 없이 아내, 아니 디스트는 말을 이었다.

"의뢰 주셨죠? 요새 회사 일이 부쩍 힘에 부치신다고요. 전문가인 저희가 판단하기엔 회사 전체에 안 좋은 기운이 썩어 있어요. 한시가 급합니다. 얼른 가시죠!"

"아니…."

디스트는 상현의 손목을 잡아끌고 사무실로 향했다.

* * *

연락도 없이 무슨 일이야? 애 유치원은 조퇴시킨 거야? 옷은 또 그게 뭐야? 퇴마라니 무슨 소리야? 난 의뢰 같은 거 한 적이 없는데?

사무실로 향하는 길지 않은 시간 동안 던진 수십 가지 질문에 디스트는 단 한마디 답변조차 하지 않았다.

사무실 입구에 도착하고 나서야 디스트는 멈춰 섰다. 마지막에는 거의 달리듯 서둘렀기에 상현은 거칠게 숨을 몰아쉬었다. 그러나 디스트는 그가 말릴 틈도 없이 문을 열어젖혔다.

"아, 오셨네요. 대표님께서 찾으십…, 누구세요?"

상현을 기다리고 있던 직원 한 명이 다가와 디스트와 로이어에게 의심스러운 눈초리를 보냈다. 하긴 그런 기괴한 복장에 놀라지 않을 수 없을 것이다. 아마 상현도 똑같은 눈빛을 보냈을지 모른다. 자기 아내와 아들만 아니었다면.

"인사해, 내 아내랑 아들인데…."

"문답무용!"

디스트는 품 넓은 소매를 화려하게 펄럭이며 기묘한 동작을 취했다. 그 손엔 어느새 치한 퇴치용 스프레이가 들려 있었다.

'치익-!'

"으아악!"

얼굴에 고춧가루 엑기스를 맞은 직원이 허리를 꺾으며 괴로워했다. 등에 메고 있던 뽕망치를 꺼내든 로이어가 그의 정수리를 후려쳤다.

'퍽!'

미취학 아동이 힘껏 쳐봤자 아플 리도 없건만, 직원은 그대로 졸도해 널브러졌다. 두 퇴마사는 품속에서 녹색 때수건을 꺼내 장착하고 그의 기절한 얼굴을 문지르기 시작했다.

'쓱싹쓱싹쓱싹….'

남의 일처럼 멍하니 모든 걸 지켜보던 상현은 슬그머니 자신의 뺨을 꼬집었다. 아팠다. 꿈이라 쳐도 기괴하기 짝이 없는 장면이었지만, 하여간 꿈은 아닌 모양이다.

"지금 뭐하는 거야? 미쳤어?"

뒤늦게 디스트와 로이어를 말리려 했지만, 그 순간 벌어진 광경에 그는 입을 다물 수밖에 없었다.

직원의 몸에서 새카만 연기가 뭉클뭉클 피어올랐다. 거리도 방향도 알 수 없는 비명소리가 들려왔다.

'으아아아….'

연기는 점차 희미해져 사라졌다. 비명소리도 마찬가지였다.

"역시… 사무실 전체가 악령에 빙의된 상태야. 서둘러야 돼."

디스트의 혼잣말에도 상현은 입을 딱 벌린 채 황당한 표정만 짓고 있을 뿐이다.

"퇴, 퇴마사다!"

"큰일 났다, 대표님을 불러!"

소란을 확인하러 나온 다른 직원들이 퇴마사들의 모습을 보고 기겁을 했다.

이 사람들, 나 몰래 기획한 몰래카메라나 시트콤이라도 찍는 걸까? 왜 나한테는 귀띔도 안 해줬지? 그래도 내가 여기 경영 전략 담당인데.

상현이 생각하는 동안, 번개처럼 달려간 퇴마사들은 방금 보여준 '퇴마 의식'을 다시 한 번 시연했다.

'치익-!'

'퍽!'

'쓱싹쓱싹쓱싹….'

'으아아아….'

'치익-!'

퍽!'

'쓱싹쓱싹쓱싹….'

'으아아아….'

그때마다 새카만 연기가 피어올랐다. 퇴마사들의 설명대로라면, 직원들에게 씌었던 악령이 타오르며 비명과 함께 사라졌다. 잠시 후 사무실의 모든 직원이 추풍낙엽처럼 쓰러져 여기저기 널브러졌다.

"이제 네 차례다. 나와라, 아수라!"

디스트의 외침에 저쪽 파티션 아래 숨어 있던 대표가 모습을 드러냈다. 그 황망해하는 표정에 상현은 뭔가 변명을 해야 할 것 같은 강렬한 욕구를 느꼈다.

"대표님! 제가 다 설명드릴게요. 이쪽은 제 아내랑 아들인데…."

그러나 대표도 한통속이었던 모양이다. 그는 상현은 보이지도 않는다는 듯 퇴마사들에게 외쳤다.

"기다리고 있었다, 퇴마사들!"

"내가 할 말이다. 스승님의 원수, 악귀 아수라!"

아들은 뿅망치를 겨누며 멋들어지게 외쳤다.

스승의 원수라니? 아이의 유치원 선생님과 자기네 대표 간에 그런 악연이 있다는 건 상현도 처음 알게 된 사실이었다.

'치익-!'

디스트는 하던 대로 '퇴마 스프레이'를 뿌렸지만, 아수라는 만만치 않았다. 어느새 휴대용 손 선풍기를 꺼내든 그는 수월하게 퇴마 스프레이를 막아냈다.

디스트는 연달아 공격을 감행했고 아수라는 유려하게 회피하며 반격의 기회를 노렸다. 두 사람의 동작이 어찌나 화려하고 박력 넘치는지, 다 큰 어른들이 치한 퇴치 스프레이와 손 선풍기를 들고 장난치는 듯한 모습이 전혀 우습게 느껴지지 않았다.

상현은 뽕망치를 들고 살금살금 다가가는 로이어의 모습을 보았다. 아수라의 뒤를 기습하려는 모양이었다. 정신을 차린 상현은 얼른 그에게 다가갔다.

"위험해, 넌 저기 책상 밑에 숨어 있어."

그리고 상현은 뽕망치를 뺏어 들었다. 그 손잡이엔 아들의 삐뚤빼뚤한 글씨체로 '태마봉'이라 씌어 있었다.

퇴마봉이겠지. 오늘 집에 가면 겹모음에 대해 다시 한 번 가르쳐야겠다, 하고 짧게 생각한 상현은 큰 포복으로 기어가 대표에게 다가갔다.

아수라는 여전히 디스트와 '핫', '허잇', '어절씨구!' 하는 기합과 함께 공방을 주고받고 있었다. 사무실 공기가 매캐해질 만큼 스프레이를 뿌려댔지만, 어째 디스트 쪽이 점점 밀리는 기세였다. 게다가 저 스프레이가 무한정 나올 리도 없었다. 서둘러야 했다.

거리를 좁힌 상현은 벌떡 일어나 아수라의 뒤통수에 퇴마봉을 내리쳤다.

'빡!'

원래 주인 로이어와는 차원이 다른 힘의 일격이었다. 대표는 풀썩 쓰러졌다.

"여보, 괜찮아?"

상현은 찌그러진 퇴마봉을 내던지고 긴장이 풀려 주저앉은 로이어를 부축했다.

"여보라뇨. 전 남편이 따로 있는 몸인데. 저는 디스트예요."

"나 참, 이 상황에서도 꼭 설정을 지켜야겠어?"

디스트는 영문을 알 수 없다는 표정이었다.

"디스트님, 뒤에!"

뒤에? 로이어의 다급한 외침에 돌아본 상현은 아수라의 손날치기에 목젖을 맞았다. 어느새 다시 일어난 아수라가 퇴마봉을 주워 들고 있었다. 상현은 기침을 쏟아내느라 미처 대응하지 못했다.

"김상현. 내가 몸을 빼앗은 이 대표가 가장 신뢰하는 직원이더군. 그것만으로도 너의 운명은 정해져 있었다."

아수라는 주워든 뿅망치를 들어 올렸다.

"잘 가라."

상현은 단말마와 함께 디스트를 품속에 끌어안았다.

"디스트님, 때리지 마!"

로이어였다. 비명 같은 외침과 함께 달려온 그는 아수라의 정강이를 깨물었다.

"아악, 이 꼬맹이가!"

아수라는 손가락을 말아 쥐고 로이어의 이마에 딱밤을 때렸다. 딱! 로이어는 이마를 감싸 쥐고 훌쩍훌쩍 울기 시작했다.

순간, 상현은 분노가 극에 달하면 사람 눈이 돌아간다는 것이 사실임을 깨달았다. 머리에 열이 가득 차오르는 느낌이었다. 그는 온 시야가 붉게 물들 만큼 분노했다. 비록 슬슬 그의 가족이 맞는지 의구심이 들긴 하지만, 하여간 가족을 건드리는 것은 누구라도 참아줄 수 없었다.

"이 자식, 감히 누구 아들한테!"

잠시 후, 정신을 차리니 아수라는 상현의 몸 아래 짓눌려 기절해 있었다. 상현의 오른쪽 중지가 퉁퉁 부어 있었고, 대표의 이마 또한 수십 대의 딱밤으로 부어올라 있었다.

그리고 아수라의 몸에서 새카만 연기가 피어오르기 시작했다.

'으아아아…'

보스라 그런지, 악령 아수라는 퇴장하면서도 대사가 많았다.

"분하다, 이 전도유망하고 실속 있는 스타트업 기업을 고스란히 내 것으로 할 수 있었는데. 유능한 직원 한 명 때문에 그르치다니!"

악당들의 단골 대사 또한 잊지 않았다.

"기뻐하긴 이르다. 난 언제고 다시 돌아올 것이다. 오늘의 치욕을 잊지 않겠다!"

점차 희미해진 아수라는 완전히 사라졌다.

* * *

아내, 혹은 정말로 퇴마사 디스트인지 알 수 없는 여자는 어느새 로이어를 데리고 사라진 후였다. 잠시 후 대표를 포함해 기절해 있던 모든 직원이 하나둘 깨어나기 시작했다. 아무것도 기억하지 못한다는 태도였다.

남은 하루는 다른 날들과 같았다. 조금씩 전진하는 것은 분명하지만 더 가야 할 길을 보면 새삼 막막해지는, 스트레스는 산더미 같고 성취감은 한 줌에 지나지 않는 업무, 업무, 업무의 연속들.

퇴마사들의 퇴마 의식이란 것도 딱히 효과가 탁월한 건 아닌 듯했다. 하긴, 세상에 밥벌이의 힘겨움을 쉽게 만들어주는 마법 같은 것이 있을 리 없다.

오랜만에 정시 퇴근한 상현은 치킨을 사 들고 집에 돌아왔다.

"다녀오셨어요."

아들이 배꼽인사와 함께 그를 맞았다.

"왔네? 고생했어."

그는 아내와 아들을 꼭 안아줬다.

간만에 온 가족이 함께 식탁에 둘러앉아 치킨을 먹었다.

어린 시절 상현이 무언가를 맛있게 먹고 있을 때면, 그의 아버지는 가문 논에 물 들어가는 것과 자식 입에 음식 들어가는 게 세상에서 가장 보기 좋다고 말씀하시곤 했다. 이제 상현은 그 말을 정확히 이해할 수 있었다. 그는 부지런히 치킨을 뜯는 아들과, 그런 아들에게 눈을 떼지 못하고 꼭꼭 씹어 먹으라 타이르는 아내를 보며 다시 한 번 생각했다.

세상에 밥벌이의 힘겨움을 쉽게 만들어주는 마법 같은 것이 있을 리 없다고. 하지만 만에 하나 그런 게 있다면, 그건 아마 가족일 거라고.

 작가의 말 – 취백

설령 강철 같은 의지를 가진 사람이라 해도 오직 견디기만 한다면 늦든 이르든 언젠가는 부서질 것입니다.
상현 님도 하루하루 영혼을 채워주고 늘 자신을 새롭게 해주는 것이 있을 것입니다.
꿈, 목표, 희망, 책임, 동료, 행복… 그리고 그중에서도 가장 중요하게 여기는 것이 가족일 거라 짐작하고 엉뚱한 상상을 해봤습니다.

결국엔
다 잘될 거야

강북 마케팅 회사에 근무하는 금화 님의 사연
곧 스물아홉이 되는 저에게 나의 미래는 생각보다 괜찮고 멋질 거라는
메시지를 담아 소설을 써주세요.
만족스러운 팀에서 일하다가 신년부터 새로운 팀에 배정되어 일합니다.
제가 줄곧 하고 싶던 일이긴 하나 함께 일할 팀원들과 호흡도 걱정되고
수많은 과제가 쏟아질 것 같아요.

    스물아홉 살의 쿠카는 오늘 첫 출근을 한다. 새 회사는 아니다. 그저 새로운 팀에 출근할 뿐.

    그전까지 마케팅 팀에서 영업 브로셔와 제안서를 만들던 그녀는, 신년에 아예 새로 생긴 제안서를 전담하는 팀으로 배정받았다. 좋아하던 일이라 기대도 되지만 새로운 사람들과 호흡은 잘 맞을지, 생각지도 못한 일들이 마구 떨어지면 어쩌나 하는 걱정이 밀려왔다. 마지막 20대, 인생의 아홉수. 과연 난 잘 헤쳐 나갈 수 있을까?

    새 책상에 앉아 가방을 내려놓자마자, 갑자기 눈앞이 흐려지며 어떤 목소리가 들린다.

    지금 몹시 당황스러울 거야. 난 10년 후의 너야. 지금은 제주도

에서 살아. 현재의 네가 듣기엔 상당히 뜬금없겠지만 말이야.

오늘 새로운 팀에 배정받아 정신없지? 걱정도 밀려올 테지.

절대 미리 걱정할 필요 없어! 까다로운 제안서를 만드느라 짜증나고 머리가 아프긴 하겠지만, 네가 하지 못할 만큼 어려운 일은 아니야.

결국엔 어떻게든 해내. 지나고 돌아보니 아무것도 아니더라. 팀원이 적으니까 동료들하고도 친구처럼 잘 지내고, 팀 분위기도 좋고. 회사 가까운 곳에 맛 좋은 커피숍도 생겨서 일하는 중간중간 커피 타임도 갖고.

뭐, 중요한 건 이게 아니고!

네가 친구들이랑 제주도에서 게스트하우스 하자고 종종 말하곤 했지? 카페도 겸해서. 농담처럼 말했지만 그게 현실이 돼.

엄마가 맨날 입만 열면 지방으로 내려가고 싶다고 하잖아. 서울에만 오래 살았더니 복닥복닥해서 싫다고 귀농하고 싶다고, 아니 꼭 귀농까진 아니더라도 여유로운 시골에 내려가서 살고 싶다 하시는 걸, 이전까진 그냥 한 귀로 듣고 한 귀로 흘렸지?

그런데 어느 날, 네가 새 팀으로 배정된 후 능력을 인정받아 연봉이 뛰어. 그 기념으로 부모님과 제주도 여행을 갔지. 설레는 마음으로 제주도에 도착한 날, 부모님이 무슨 바람이 들었는지 덜컥 집을 계약한 거야. 이후 아버지가 퇴직하자 부모님이 제주도로 내려가버렸어.

그래도 넌 앞으로 몇 년간 계속해서 회사를 다녀.

대체로 잘 풀리지만 가끔씩은 너무 화가 나서 사직서를 써보기도 하지. 그렇지만 계속 일을 잘 해내. 실력이 쌓여 개인사업을 해도 되겠다는 자신감이 생기던 어느 날 퇴직금을 왕창 받아 회사를 박차고 나오지. 며칠 푹 쉬면서 다음 아이템을 구상할 때, 퇴사 소식을 들은 부모님이 연락해서 혹시 제주도에 와서 살 생각이 없냐고 물어.

그때부터 나의 제주도 라이프가 시작되는 거야!

지금의 나는 꽤 행복해. 퇴직금을 조금 써서 부모님 집을 빈티지 스타일의 게스트하우스로 바꿨어.

하우스 안에 작은 카페도 차렸어. 밤이 되었을 때 조명을 바꿔 달면 칵테일 바로 변해.

아침에 일어나서 창문 밖을 보면 푸르른 바다가 보여. 시원한 파도 소리도 들려. 집 가까운 곳에 낚시터도 있고 유기농 채소를 키우는 텃밭도 있어.

가끔씩 저녁을 매운탕으로 끓여 먹지. 홍합을 캐 먹기도 해. 물론 처음부터 쉽진 않지. 좌충우돌 시행착오가 있었어. 하지만 그것도 다 지나가더라.

단골손님도 많이 생겼어.

그렇게 몇 년 시간을 보내니, 회사 생활에 지친 친구들이 하나 둘씩 우리 집 주변에 내려오더라.

다들 게스트하우스 아르바이트를 해봐서 일은 익숙해. 조금 힘은 들지만 즐겁게 살고 있어. 회사 다닐 때 익혔던 감각으로 마케

팅 일을 외주로 받아서 하기도 하고.

방금 전까지만 해도 커피 향이 은은한 우리 집 카페 테이블에 앉아, 따끈한 아메리카노 한 잔 하며 노트북을 두들기고 있었지.

돈은 딱히. 큰돈을 벌진 않아도 게스트하우스랑 카페 운영하면서 나오는 수익, 거기에 프리랜서 외주로 버는 비용까지 합하면 나름 쏠쏠해. 살 만해. 일하는 시간을 내가 선택할 수 있는 게 좋더라고. 창밖의 햇살, 겨울엔 함박눈을 보며 친구들과 일하니 스트레스도 안 받고 효율도 높더라.

유기농 채소를 많이 먹어서인가 자연스럽게 다이어트가 되고 겨울이 와도 감기에 안 걸려. 역시 퇴사가 만병통치약이라는 게 빈말이 아니라니까.

아쉽지만 이만. 어떻게 미래에서 과거로 메시지를 보낼 수 있냐고? 그건 비밀!

걱정하지 마. 지금은 과도기일 뿐이야. 너의 다음 아홉수가 올 때까지 모든 일이 잘 풀릴 거야. 사랑하는 사람들과 행복하게 살게 될 거야. 결국엔 다 잘될 거야.

그저 포기하지만 않으면 돼.

쿠카는 다시 의식을 되찾았다.

한 번 본 책상. 익숙한 가방. 새 사무실이다. 의자에 앉아 있다.

덜컥. 문 여는 소리가 들린다.

고개를 돌려보니 새 팀장님이 들어오신다.

이른 아침, 빈 사무실에서 낯선 두 사람의 만남.

어색하게 얼어붙은 딱딱한 공기를 깨고, "안녕하세요" 하고 쿠카가 먼저 인사를 한다.

입꼬리가 치켜 올라가 있다.

 작가의 말 – 약빤꽃게

새 팀에서도 적응 잘하고, 직장도 잘 다니고, 그리고 장차 제주도에 게스트하우스를 꼭 차릴 수 있길 기원해요.

우리 팀이
폭발했다

강남에 사는 직장인 현호 님의 사연
회사 조직장의 사내 정치로 동료들이 다 멀리 발령 나고 산산조각 난 우리 팀.
고심 끝에 퇴사를 했는데 이제 어떻게 살아야 할까요?

사내 정치에만 눈이 시뻘겋게 돌아가는 월급도둑 조직장 놈이 새로 오면서, 4~5년 성실하게 일한 내 동료들이 멀리 발령 나거나 그만둬버렸다. 산산조각, 풍비박산, 아수라장.

난 아직도 파티션마다 그들의 온기를 느낄 수 있는데, 이젠 낯선 조직에서 온 무뚝뚝한 사람들이 기계처럼 차갑게 앉아 있다.

사무실 안 공기도 냉기가 흐르고 맥심 커피도 예전과 같지 않다.

내 나이 이제 서른 살. 이쯤에서 이직하려고 했지만 아직 나는 퇴사하지 않았다. 퇴사는 오늘부터 2주간 휴가를 보낸 후 해도 늦지 않을 것이다.

월급도둑 놈 따윈 머릿속에서 지워버릴 것이다. 천년만년 혼자서 잘 처먹고 잘 살라지.

아무도 방해할 수 없는 내 2주 동안 난 누구의 눈치도 보지 않고 자유를 만끽할 것이다.

첫날은 아무것도 하지 않은 채 방 안에서 그동안의 노고를 씻어낼 것이다. 이틀째부턴 서늘한 바람과 가을 햇빛을 느끼며 못 만난 친구도 만날 것이다. 여자 친구와 레스토랑도 갈 것이다. 사진 찍는 데 취미는 없어도 찰칵!

이젠 내게 시간이 많다.

밤늦도록 맥주를 마시며 오랜 친구와 속 터놓고 얘기할 시간도 있고, 밤늦도록 사랑하는 사람을 꼭 껴안고 밀린 예능을 밤새도록 같이 봐도 아무도 뭐라 하지 않는다.

짧고 강렬한 해외여행을 갔다 올 타이밍도 지금이 적기다.

물론 나는 불안할 것이다. 다니던 회사를 그만둘 예정이니. 나의 정체성이 되어준 직함도 사라지고, 내 모든 사랑하는 사람들이 위로한답시고 다들 한마디씩 할 것이다. 실업자가 되고, 취준생이 되고, 구직자가 될 것이다. 공부를 다시 해야 하고, 조마조마한 마음으로 이력서를 다시 넣어야 하고.

무엇보다도 아무도 이런 날 이해해주지 못할지도 모른다!

그러나 나는 안다. 새로운 것을 쥐려면 언제나 기존의 것을 버려야 한다는 것을. 나는 더 나은 미래를 맞이하기 위해서 지금 가진 조건을 기꺼이 포기하기로 했다.

다시 낮은 위치로 내려가는 것을 기꺼이 받아들이기로 했고, 날 우려하는 모든 사람이 사실은 날 사랑한다는 걸 이해하기로 했다.

그러다 보면 어느 날, 기회는 불현듯 찾아올 것이다.

친구가 소개시켜줄 일은 적을 것이다. 부모님이 소개시켜줄 가능성도 낮을 것이다. 거물이 직접 찾아와 제발 우리 회사에 와달라고 손짓할 확률도 낮을 것이다. 그러나 술자리에서, 모임에서, 연말파티에서, 이마트에서, 세탁소에서, 아직도 나와 같이 연락하는 예전 직장 동료들이, 혹은 10초 전만 해도 몰랐던 전혀 낯선 사람들에게서 연락이 올 수도 있다.

"우리 직장 완전 '꿀직장'인데 사무원이 필요하대."

"내 친구네 회사 괜찮은데 모집하고 있으니 거기 지원해봐."

"지인의 회사에 공고 났는데 들어갈래? 얘기는 해놓을게."

지금까지 그들에게 보냈던 웃음보다 더 가치 있는 걸 물고 돌아와 줄 것이다.

어쩌면 '이 직장이다!'라는 느낌이 딱 오는 구인광고가 그 타이밍에 그 장소에서 눈에 들어올지도 모르겠다. 나는 내 직감을 믿고 그중에서 가장 최선의 선택을 할 것이다. 예전보다 훨씬 더 좋은 직장에 경력직으로 들어갈 것이다. 그 회사가 돈을 많이 주지 않더라도 괜찮다. 그저 이직에 성공했다는 것만으로도 나는 좀 더 자신감을 갖고 스트레스를 덜 받으며 직장에 다닐 것이다.

모든 면에서 완벽한 회사는 이 세상에 존재하지 않겠지만, 예전보다는 합리적인 시스템하에서 이전보다 나은 팀장을 만나, 가끔 클라이언트나 구매 담당자, 사내 꼰대를 소소히 술자리에서 까면서, 이전처럼 풍비박산을 겪지 않고 정기적으로 월급 받아 집에 돌아올 수 있을 것이다.

그리고 나는 당당하게 결혼할 것이다.

눈처럼 새하얀 웨딩드레스를 입은 여자 친구와 붉은 카펫 위를 떨리는 마음으로 걷는 동안, 지금까지 내가 마음을 주었던 친구, 친지, 동료들이 예상보다 더 많이 찾아와 하객석을 가득 메우고, 오로지 우리의 행복만을 축복해줄 것이다.

통 유리창 밖으로 비치는 날씨는 겨울답지 않게 포근하고, 웨딩카에서 올려다본 하늘에선 신부처럼 새하얀 눈이 내릴 것이다.

5년 후의 난 어디에 있을까? 일단 이직 준비는 하고 있지 않은 게 분명하다.

불안과 떨림, 괴로움, 그 모든 고난을 버틴 보람을 일상 속에서 매일 느껴 이젠 어떤 경이도 새로움도 없이, 마치 이 모든 게 당연한 것처럼 아내와 몇 달 후의 휴가 계획을 짜고 있을지도 모른다.

이번 겨울엔 어디로 갈까?

눈 덮인 블라디보스토크에서 킹크랩을 먹을까, 아니면 말레이시아의 푸른 바다에서 지난여름을 다시 느껴볼까.

 작가의 말 – 약뺀꽃게

하나의 문이 닫히면 새로운 문이 열린다고 했습니다.
새로운 시작에서 어떤 일이 펼쳐질지 기대가 되네요.

백언이
불여일화

아나운서와 스피치 강사 하늬 님의 사연
아나운서가 되기 위한 1차 관문인 서류 심사에서 사진은 무척 중요합니다.
사진에는 그간 아나운서가 되기 위해 쏟은 노력과 열정이 담기기 때문이에요.
자기소개가 사진 한 장으로 압축되죠. 아나운서 준비생들과 함께 나누고 싶은 글로 써주세요.

"자, 여기 보시고 좋아요. 이번엔 살짝 웃어볼까요? 하나, 둘."

찰칵, 하고 셔터 소리가 경쾌하게 울린다. 렌즈를 보며 최대한 부드럽게 미소 지으려 노력한다. 잇몸이 드러나되 너무 활짝 웃지는 말고, 전문적인 느낌과 자신감 있는 모습을 동시에 보여줄 수 있도록 그렇게. 시선은 정면을 향하고 팔짱을 끼거나 괜히 새로 산 정장의 옷깃을 매만져보기도 한다. 그렇게 한참을 찍어보고 확인하기를 수차례, 도무지 마음에 드는 사진이 없다.

"잠깐 쉬었다 갈까요?"

푸근한 인상의 사진사 아저씨도 꽤 지친 모양이었다. 나 역시 밝은 조명 아래서 계속 웃는 표정을 유지하는 게 힘든 참이었다. 구석에 있는 의자에 앉아 잠시 쉬고 있자니, 그가 음료수 한 병을 들고 다가왔다. 긴장을 풀어주려는지 내내 웃는 얼굴이다.

"이거 드시고 좀 쉬고 계세요. 생각보다 쉬운 일이 아니죠?"

참 속도 좋다. 음료를 받아 들고 짧게 눈인사를 했다. 아카데미에서 우선은 프로필 사진을 찍어보라고 해서, 무작정 전문 스튜디오를 찾아오긴 했는데 생각보다 어렵다. 강사님이 말씀하시길 이력서에 한 줄 추가 하는 것보다, 잘 찍은 사진 한 장 건지는 것이 더 어렵다더니. 그 말이 맞긴 맞구나. 이렇게 말하면 꼭 억지로 떠밀려 온 것 같지만, 사실 꿈을 이루기 위해 왔다. 아침부터 메이크업과 헤어 세팅까지 받고 온 참이라 더 초조하다.

사진 속 내 모습은 합격 홍보 글이나 사원증 인증 글에서 봤던 합격자들의 사진과는 많이 달랐다. 그 사람들의 사진에는 뭐랄까, 자신만의 아우라가 있었다. 단순히 표정이나 의상을 따라 한다고 해도 도무지 같아질 수 없는 그런 아우라.

한 장의 사진을 보는 것만으로도 이 사람에 대해서 상상하고 짐작할 수 있게 만드는 그런 무언가가 있었다. 의자에 멍하니 앉아 있으니 잡념이 머릿속을 가득 메웠다.

언제였는지는 정확히 기억나지 않지만, 어릴 적부터 나는 TV 속 아나운서들을 동경했다. 언제나 반듯한 자세로 앉아, 세상의 소식을 모두에게 전하는 사람들. 같은 말이라도 그들의 입을 통해서 남들에게 전해질 때면, 더욱 믿음이 가고 신뢰할 수 있었다.

'나도 저렇게 되고 싶다'라는 마음 하나로 여기까지 온 셈이다. 호흡과 발성, 딕션이나 표정 관리 같은 것들은 아카데미에서도 충분히 배울 수 있었다. 아니 남들보다 더 잘할 수 있다고 믿으며 더욱 매진했다.

  그럼에도 지금 이 순간, 내가 해왔던 모든 것들을 사진 한 장에 담는 것이 이렇게 어려울 줄이야. 어둠 속에서도 굳은 믿음으로 항로를 따라 정진했는데, 갑작스럽게 거대한 유빙이라도 만난 것 같은 막막함이었다. 어어 하는 사이에 뱃머리는 점점 앞으로 나아가고, 방향을 잡지 못하고 갈팡질팡하는 것만 같은 답답함이 목을 조여 오기 시작했다. 어쩌면 처음부터 이 길이 아니었는지도 몰라 하는 불신이 들 때쯤 아저씨의 목소리가 끼어들었다.

  "자, 이 사진 한번 보시겠어요? 이 사진을 보면 웃는 모습이 굉장히 자연스럽고 활동적인 느낌을 주죠? 어쩌면 앵커보다 기상캐스터나 스포츠 쪽이 더 어울릴지도 모르겠네요."

  아닌 게 아니라, 긴장이 풀려서 표정에 힘이 빠졌을 때의 사진이었다. 그래 나는 저렇게도 웃을 수 있는 사람이었지. 그럼에도 조금 심통이 났다. 사진사면 사진이나 잘 찍을 노릇이지, 이래라저래라 참견할 필요가 있나 하고. 물론 겉으로 티는 내지 않았지만 느낌은 충분히 전해졌을 것이다.

  촬영을 마치고 집으로 돌아오면서 한참을 곱씹어 보았다. 웃는 모습이 활동적이고 자연스럽다니, 더 정적이고 프로페셔널한 느낌을 원했는데. 아무튼 마음에 드는 구석이 하나도 없었다. 한참을 고민해서 골라낸 사진들도 휴대전화 액정으로 보니 왠지 풍한 느낌이었다. 이런 게 아닌데, 어떻게 하면 더 자연스럽게 바꿀 수 있을까 하면서도 자꾸만 그 말이 귓전에서 맴돌았다. 마침 머리도 아파왔고, 밥때도 한참 지나서 나는 편하게 생각하기로 했다.

그래 밑져야 본전인데, 어차피 한 번만 찍을 것도 아니고 여러 가지를 해보는 것도 나쁘지 않겠지.

"좋아요! 여기 보시고 활짝 웃으세요! 지금 아주 좋습니다!"

두 번째 촬영은 생각보다 더 순조로웠다. 한 번 해봤다고 이력이 붙었는지 제법 이런저런 포즈도 취해보고, 활짝 웃기도 했다. 찍은 사진들 중에서 좋은 것을 고를 때도 느낌이 좋았다. 나도 모르게 입 밖으로 말이 흘러나왔다.

"버릴 게 하나도 없네요. 참 예쁘다."

사진사 아저씨는 내 말을 듣고 더 힘이 난다는 듯 열정적으로 셔터를 눌러댔다. 엉뚱한 말을 했지만 부끄럽다거나 창피하지 않았다. 내가 원했던 혹은 상상 속에서 한참을 그려왔던 모습과는 조금 달랐지만, 이 정도면 꽤 괜찮은 게 아닌가 싶은 사진들을 많이 건질 수 있었다. 거대한 빙산을 힘차게 가르는 쇄빙선의 모습이 눈앞에 그려지는 것 같은 느낌이었다.

"좋은데요? 이 정도면 바로 지원서에 써도 될 것 같아요. 누리씨가 가진 강점이 사진에서 잘 드러나네요."

"너무 괜찮다! 당장 TV에서 본다고 해도 하나도 어색하지 않을 것 같아! 사진 너무 잘 나왔다."

강사님이나 친구들의 평도 좋았다. 그날 저녁 익숙한 카페에 들러 커피 한 잔을 사서 앉았다. 노트북을 켜서 공채 일정을 점검하고, 스케줄러에 빼곡하게 일정을 써넣으면서 생각했다. 아나운서를 지망하는 사람들에게 프로필 사진이라는 것은, 어쩌면 백 마디의 말이나 유려한 문장으로 가득 찬 자기소개서보다 더 함축적으로 나를 드러내는 것이 아닐까.

물론 앞으로 얼마나 더 많은 프로필 사진을 찍을지는 알 수 없다. 정말 기적처럼 단 한 장의 사진으로 1차를 무난하게 통과할 수 있을지도 모른다. 다만 확실한 것은, 이 모든 과정이 결국에는 나를 좀 더 알아가고 내 이미지를 확고히 하기 위한 것이라는 점. 백문이 불여일견이 아니라 백언이 불여일화, 언젠가 브라운관 안에서 활짝 웃는 나를 볼 수 있게 될 날이 손에 잡힐 것만 같은 느낌이 들었다.

사진 속의 내가 환하게 웃고 있었다. 아니, 웃고 있는 쪽은 오히려 사진을 보는 나였을지도 모른다.

 작가의 말 - 마리애비

사진을 찍는다는 것은 자신을 알아가는 것이라는 하늬 님의 말에 저 또한 글을 쓰면서 사진의 의미를 곰곰이 생각해보고 배우는 시간이었습니다.

행복설계
주식회사

부산 건축설계사무소에 근무하는 다경 님의 사연
퇴사하는 기념으로 직원들과 함께 읽어볼 소설을 써주세요.
퇴사하면서 가장 아쉬운 점이 팀원들과 헤어지는 것입니다.
꼰대 같은 임원 아래에서도 팀원들과 합이 잘 맞아 좋았는데,
더는 같은 공간에서 일할 수 없다니 많이 아쉽습니다.

인류 역사상 가장 위대한 건축물은 무엇일까? 대륙을 횡단하는 시베리아 철도? 하늘을 찌를 것만 같은 버즈칼리파? 우주에 떠 있는 우주정거장? 그도 아니면 파르테논 신전이나 피라미드처럼 웅장한 고대의 건축물?

수많은 답이 나올 수 있겠지만, 그래도 아름다운 휴양지의 바다만큼은 못할 것이다. 탁 트인 푸른 하늘과 점점이 흘러가는 흰 구름, 끝없이 펼쳐진 수평선 아래 넘실거리는 눈이 부실 만큼 파랗고 투명한 바다. 그리고 싱그러움이 넘치는 망고칵테일까지. 사무실에 틀어박혀 캐드와 씨름하고, 모형을 제작할 때는 절대 느낄 수 없는 자유와 해방감.

정든 회사를 떠나게 된 지금 다음 직장에 대한 불안감 같은 건

마음 한구석에 묻어두기로 했다. 그렇게 마음먹자 머릿속에는 온통 어딘가로 떠나고 싶은 생각으로 가득 찼다. 카르페디엠. 지금 이 순간을 마음껏 즐기고 싶었다. 이미 손가락은 컴퓨터 화면에 떠 있는 비행기 티켓 예매하기를 누르고 있었다.

　퇴근 10분 전이면 뻔뻔한 얼굴로 사무실에 들어와서 일을 던져놓고 퇴근했던 본부장. 자기들이 착즙기라도 되는 줄 아는지 인당 효율성을 극대화한다는 명목 아래 인건비를 줄여 마진을 늘리려 했던 임원진들. 실시간으로 뭉텅뭉텅 깎여나가는 인류애를 느끼며 문득 이렇게 살면 안 되겠다는 생각에 탈출을 결심하고, 회사에도 알렸다. 소식을 접한 동료들은 아쉬움과 안타까움을 감추지 못했다.
　"함께 여행을 가는 건 어때요?"
　같은 팀원이었던 A의 제안에 반짝 하고 전구가 켜지는 기분이 들었다. 문득 동료들과 함께 멋진 추억을 만들고 싶어졌다. 동고동락을 함께하며 전우애라도 싹튼 걸까. 우리 팀은 유난히 사이가 좋았다. 꼭 정기 회식 날이 아니더라도 일이 힘들거나 프로젝트를 마무리 지을 때마다 누가 먼저랄 것도 없이 "대패? 대패!" 하고 삼겹살집에 모여 회식을 하곤 했으니까.
　아주 잠깐, 단톡방에 정적이 흘렀다.
　"전 찬성이요!"
　"저도!"

"괜찮네요."

"마침 프로젝트도 끝났겠다, 저도 시간이 될 것 같아요."

목표가 정해지자 일사천리로 모든 것이 진행되기 시작했다. 평소 여행에 관심이 많은 A는 저렴한 항공권과 숙소를 알아보는 일을, 다른 나라의 건축물과 문화에 전반적으로 관심이 많은 B가 관광지 선정과 일정 조정을 맡았고, 요리에 관심이 많은 C가 꼭 먹어봐야 할 음식과 식당 리스트 뽑는 일을, D와 내가 그 외 경비나 기타 잡무를 맡는 것으로 자연스럽게 나뉘어 각자의 할 일을 시작했다.

굳이 말하지 않더라도 손발이 척척 잘 맞는 사람들이 있다는 건, 이렇게나 든든하고 즐거운 일이었지, 하는 마음이 들었다.

목적지는 세부의 리조트, 목표는 오직 리프레시(refresh)! 리조트 안에 편의시설이 모두 구비되어 있어 굳이 멀리 이동하지 않더라도 많은 것들을 즐길 수 있는 안전한 곳이었다.

낮에는 투어버스를 타고 유명 관광지와 해변을 둘러본 뒤 스노클링을 즐길 수 있었고, 저녁에는 리조트에 마련된 전통 음식과 퓨전 음식을 함께 맛볼 수 있었다. 업무가 아니라 관광을, 그것도 함께 있으면 즐거운 사람들과 같이할 수 있다는 점이 가장 행복했다.

꿈만 같았던 3박 4일이 지나고 한국으로 돌아오기 전날, 우리는 맥주와 간단한 바비큐 요리를 가지고 숙소에 돌아와 테라스에 마련된 식탁에 옹기종기 둘러앉았다.

"너무 즐거웠죠?"

"응, 진짜 원 없이 놀았다."

"맞아, 맞아! 그리고 아까 낮에 카약 탈 때 너무 재미있었어요! 흔들리는 배 위에서 균형 잡기가 그렇게 힘들 줄은 몰랐지만."

"자주는 못 오더라도 이렇게 같이 여행 다닐 수 있으면 정말 좋겠네요."

업무 외적인 부분에서 이렇게 합이 잘 맞기도 쉽지 않을 텐데. 이렇게 헤어지는 것이 아쉬울 정도로 이 사람들과 오래도록 함께 하고 싶었다. 그때 평소 신중하고 꼭 필요한 말만 하는 B가 감회에 젖어 맥주병을 꼭 쥔 채 이야기를 시작했다.

"만약에, 정말 먼 훗날이 되겠지만 만약에 우리 중에 누군가가 사무실을 차리게 되면 말이에요. 그때 다시 이렇게 뭉쳐서 같이 일을 하면 좋겠네요."

B를 한참이나 바라봤던 일행들. 그리고 이내 너도나도 외치기 시작했다.

"그럼, 난 본부장 시켜줘요!"

"그럼, 난 이사!"

"우리 전부 다 임원진이겠네?!"

왁자지껄 떠드는 와중에 어떤 일이든 이 사람들과 함께라면 힘들거나 어렵지 않고, 계속 즐겁고 행복하게 할 수 있지 않을까? 하는 생각이 문득 들었다.

역사에 길이 남을 건축물이 아니더라도, 누군가가 정을 붙이고 행복하게 살아갈 수 있는 공간을 만드는 것. 그런 공간을 함께 설계하고 실제로 구현하는 일을 하기 위해서는, 우리가 먼저 행복해야 하지 않을까.

 작가의 말 – 마리애비

퇴사하면서 단짝 팀원들과 헤어지는 것이 가장 아쉽다고, 이들과 추억으로 남길 만한 3분소설을 주문해주셨는데요.
다 같이 유쾌하게 즐길 만한 이야기가 뭘까 고민하다가 팀원 모두가 함께 여행을 떠나 '행복한 추억'을 만드는 것으로 소설을 풀어보았습니다.

촛불
하나

속초에서 의료일을 하는 서인 님의 사연
직장 때문에 강원도에서 서울로 올라와 2년 반 생활했어요.
신경계 물리치료사로서 신경 써야 할 게 많고 환자와 동료의 눈치를 자주 봐서인지
어느 날 공황장애 진단을 받았어요. 몇 개월 버티다 결국 퇴사를 했습니다.
그때 주변을 보니 나처럼 힘들어하는 사람들이 많았어요. 내 이야기를 들려주고 싶어요.

선배, 소식 들었어요.

요즘 퇴사를 고민하고 있다면서요?

며칠 전에 우연히 병원 동기를 만나 선배 이야기를 들었어요. 문득 2년 전 직장 때문에 강원도에서 낯선 서울로 올라오던 날이 생각났어요.

그때는 정말 아무도 없는 무인도에 던져진 느낌이었는데… 쫓기는 사람처럼 시곗바늘을 보면서 뛰어다니던 사람들, 거리를 가득 메운 자동차 경적 소리, 어깨를 늘어뜨린 학생과 직장인 들 사이에서 내가 있어야 할 곳은 어디인지 막막하기도 했죠.

그래도 직장에 들어와 일을 하나씩 배워가면서 조금씩 나의 자리를 만들어간다는 생각에 하루하루 버틸 수 있었어요.

병원 이야기를 하니까 그 할아버지가 생각나네요.

그 왜 기억나시죠? 작년 이맘때였나요, 꽤 골머리 썩였던 김갑수 할아버지요.

물론 우리 아버지 어머니 세대의 어르신들이 웬만한 치료사보다 연세도 많고 삶의 지혜가 풍부하다는 건 인정하지만, 이상하게도 한번 아니라고 생각하면 끝까지 아니라고 생각하는 고집들이 있잖아요. 그래도 대부분은 담당 치료사가 '어르신은 신체 특징이 이렇기 때문에 이런저런 운동을 하셔야 합니다'라고 말씀드리면 못 이기는 척 따라들 하시던데 그 어르신은 유독 고집을 꺾지 않으셨죠.

처음에는 살짝살짝 하시는 것 같더니 돌아서면 결국 다른 운동을 매일같이 하시니, 치료사인 제 말은 그렇게 안 들으시면서 같은 방 환자나 보호자 분들의 이야기는 왜 그렇게 잘 들으셨을까요? 저 역시 치료사이기 전에 사람인지라 제가 성심성의껏 살펴드리고 조언을 드렸는데, 그걸 지키지 않고 마음대로 행동하시니까 의욕이 꺾이더라고요.

그래도 꾸준히 상담하면서 자세나 움직임, 보행에 도움이 될 만한 운동 방법을 소개해드렸더니 어르신도 조금씩 마음을 풀면서 따라오고, 상태도 호전되어 건강한 모습으로 퇴원하셔서 뿌듯했어요.

선배도 잘 알겠지만, 우리 직업 특성상 사람들을 만나 이야기 나누면서 라포(의사소통에서 상대방과 형성되는 친밀감 또는 신뢰관계)를 형성해야 보다 효과적인 치료를 할 수 있는데 사람 때문에 조금씩 벌어진 틈은 쉽게 메우기가 어렵더라고요.

그렇다고 환자나 보호자와 충분하게 이야기를 나눌 수 있는 시간이 있냐면 그것도 아니잖아요. 우리 치료사도 결국엔 하루 8시간을 계속 치료해야만 수익이 날 수 있는 병원 시스템에 속한 직장인이라 바쁘게 움직여야 하고, 그 안에서 선후배나 직장 동료와의 관계에도 신경을 써야 하죠.

선배도 눈치채셨을지 모르겠지만, 안 그래도 다른 사람의 눈치를 좀 보는 성격인 제가 다른 사람들의 시선과 평가를 신경 쓰며 병원 생활을 하다 보니 쉽게 지치곤 했어요. 더 잘해야지, 스스로를 다그치는 욕심과 그런 저에게 더 많은 요구를 하며 기대하는 직장 환경이 주는 부담감 때문에 결국 탈이 났는지 모든 것으로부터 도망치고 싶다는 생각까지 든 적도 있어요. 하루하루 두려움과 불안감은 커졌고, 쌓여가는 걱정 때문에 어느 순간 저는 저 자신과 힘겨운 싸움을 하고 있었죠.

그렇게 출근길 지하철에서, 혼자 걸어가는 밤길에서, 홀로 있는 방 안에서, 그리고 점점 직장에서까지 가만히 있다가도 문득 가슴이 답답하고 꽉 막힌 것 같은 느낌이 들어 심호흡을 하며 나를 달래보기도 했고, 식은땀을 흘리며 가쁜 숨을 몰아쉬다가 온몸의 힘이 빠져나가는 것 같아 저린 양팔로 벽을 붙잡고 두 다리로 간신히 버티고 있던 적도 있었어요. 이러다 내가 뇌졸중이 와서 운동 치료를 받는 것은 아닐까 하는 생각마저 했던 거, 선배는 모르셨죠? 제가 원래 남들에게 티를 내는 성격이 아닌지라 그저 이 또한 지나가리라 생각하며 버텼죠.

그렇게 혼자서 버티는 것만이 답이라고 생각하며 약에 의존해 하루하루를 견디던 어느 날, 같이 퇴근을 준비하던 동기가 건넨 따뜻한 차 한 잔이 제 마음을 잡아줬어요. 아무도 없다고 믿었던 내 주위에 또 다른 누군가가 있었던 거죠. 그렇게 서로의 마음을 조금씩 털어놓게 된 동기와 함께 힘들어하고 있을 또 다른 후배를 찾았고, 지치고 힘들 때 혼자라는 생각이 들지 않게 서로가 손을 잡아줄 수 있는 사람이 될 수 있었죠.

선배, 선배 곁에도 누군가가 곁에 있을 거예요. 지치고 힘들 때면 혼자라는 생각이 들지 않게 선배의 손을 잡아줄 준비를 하고 있을 그 사람에게 기대어보세요. 저도 멀리서나마 선배의 앞날을 응원할게요.

 작가의 말 - 읽앍

'역설적으로 들릴지는 모르겠지만, 행복해지고 싶다면 다음과 같은 사실을 두려워하지 말고 정면으로 받아들여야 한다. 우리는 항상 불행하고, 우리의 슬픔과 괴로움, 그리고 두려움에는 늘 그만한 이유가 있다는 사실을 말이다. 이런 감정들을 따로 떼어놓고 볼 수는 없는 법이다.'

마르탱 파주의 《완벽한 하루》라는 책에 나오는 글귀입니다.

서인 님에게 일어난 힘들고 괴로운 일이 또 다른 누군가에게 따뜻한 위로가 되어줄 수 있기를 바라는 마음으로 조심스럽게 이야기를 썼습니다.

노년의
취준생

•
부산에 사는 상담사 형은 님의 사연
으레 취업박람회 하면 청년층이 주를 이룰 것 같지만
중장년층이 많아 당황한 적이 있습니다.
아버지가 생각나 쓸쓸한 마음이 들었습니다.

"에이, 정말 요즘 취업난이 심각하다니까."

TV를 보시던 아버지가 짧게 혀를 차며 예능으로 채널을 돌렸다. 같은 나이대 남자들의 실업률이 증가하는 상황이 마냥 남의 일처럼 느껴지지 않기 때문일 거라 형은은 어렴풋이 짐작할 따름이다. 뭐라 대꾸할 말을 찾지 못해 대충 고개를 끄덕이며 나갈 준비를 했다. 일하기 편한 복장으로 갈아입고 간단히 화장을 한 후 가방을 챙겼다.

'취업박람회이니만큼 분명 젊은 친구들이 많이 오겠지.'

박람회 홍보 담당자인 형은은 그들에게 용기를 북돋아주거나 현실적으로 해줄 수 있는 조언 몇 가지를 생각하며 차를 운전했다.

"형은 씨."

"안녕하세요!"

차가 막힌 탓에 조금 아슬아슬하게 도착한 형은은 빠르게 행사 전단지를 건네받고 홍보를 위해 박람회 안을 이곳저곳 돌아다녔다. 그런데 뭔가 이질적인 분위기에 조금 당황했다. 형은은 잠시 커다란 눈을 끔벅이고 다시 한 번 주변을 살폈다. 박람회에 참여한 사람들 대부분이 예상과 다르게 40~50대 초반 남녀들이었다.

'40대 실업자가 늘어나….'

아침에 본 뉴스가 귓가에서 연신 맴돌자 그녀는 짧게 한숨을 내쉬고 다시 행사 홍보에 집중했다. 오전 시간을 조금 넘기니 금세 사람들이 몰려 바빠졌기 때문이다.

보통 취업박람회는 청년층 위주로 준비하는 행사가 대부분이었기에 이력서나 자격증 준비가 잘된 청년들이 온다. 그래서 실제 면접 시 요령을 알려주는 부스가 인기가 많은데, 이번에는 이력서도 정말 오랜만에 써보는 40대들이 많아 난감하기 그지없었다.

"이력서가 상당히 깨끗한데. 자격증은 없으세요?"

"건축 현장에서 오래 일했는데… 따로 자격증은 없습니다…."

이런 일이 종종 생겼다. 옆 부스에 모의 면접관이 난처한 웃음을 짓자 더욱 당황한 40대 수험생이 "없으면 문제가 됩니까…?"라며 마른세수를 했다. 면접관은 결국 따로 쓴소리도 하지 않고서 이력서 쓰는 법부터 배우는 게 좋겠다며 돌려보냈다.

터덜터덜 돌아가는 그의 모습은 면접에 적절하다고 말하기엔 조금 애매한 복장과 용모 또한 단정하다고 말하기에는 무언가 부족했다. 나름 가진 옷 중에서 제일 단정한 옷으로 차려입었을 텐데, 형은은 더욱 마음이 씁쓸해졌다. 저런 분이 한두 분이 아니었다. 저 나이 되어 면접을 다시 보리라고는 생각하지 못했을 것이다. 형은은 전단지를 건네면서도 씁쓸한 표정을 지우지 못했다.
 "아가씨, 질문 좀 합시다. 이력서는 어디서 쓰는 거요?"
 "아, 1번 출구 쪽에 가면 이력서 종이가 준비돼 있습니다."
 형은은 기계적으로 대답하다가 질문한 사람을 보았다. 말쑥한 체형에 흰머리가 희끗희끗, 양복바지를 벨트로 한껏 끌어올린 남성이 이력서 종이를 가지러 바삐 걸음을 옮겼다. 아버지 또래의 분들이 말년에 쉬지도 못하고 다시 취업 준비를 해야 하다니.
 형은은 스윽 부스의 상황을 훑어보곤 혹여 그를 놓칠세라 급하게 발걸음을 옮겨 남성을 따라잡았다. 그는 1번 출구를 찾지 못해서 헤매고 있었다. 남성은 형은을 보고 반색하며 말했다.
 "아가씨가 1번 출구는 저쪽이라 하지 않았나?"
 "맞아요. 사람이 붐벼서 잘 못 찾으셨나 봐요. 저랑 같이 갈까요?"
 형은은 남자의 옷깃을 붙잡고 1번 출구로 이끌었다. 남자는 반쯤 꾸깃꾸깃해진 이력서를 들고 작은 글씨를 읽기 위해 애쓰고 있었다. 형은은 잠시 고민하다가 남자에게 물었다.
 "아버님, 조금 도와드릴까요?"
 "그래 주면 정말 고맙지요. 사실 이력서를 써본 지 너무 오래돼서 말이야."

난감한 표정을 짓는 남자 얼굴에 화색이 돌자 형은은 따라오길 잘했다는 생각이 들었다. 그대로 가버렸다면 분명 머릿속에 남아 두고두고 후회했을 것이다.

 형은과 비슷한 생각을 한 젊은 사람과 한 쌍을 이룬 노년의 취준생들이 1번 출구 앞에 길게 줄지어 서 있었다.

 작가의 말 – 상강

취업박람회에서 소중한 경험을 하셨네요. 젊은 세대와 중장년 세대가 서로 돕는 모습을 그려보았는데, 현실에서도 일자리를 놓고 다툴 게 아니라 세대 간에 힘이 되어줄 수 있으면 좋겠습니다.

이제 속이
시원하냐?

부산에 사는 홍보컨설턴트 미영 님의 사연
패스트푸드점에서 아르바이트를 했는데, 텃세가 심해 한 달여 만에 그만뒀어요.
짧은 시간이지만 마음고생이 심했어요.

패스트푸드점 아르바이트라 함은 모름지기 체계적인 분위기와 단정한 유니폼에 철저한 교육, 그리고 알게 모르게 생기는 소속감, 그 속에서 피어나는 동료애….

"다 꿈입니다. 꿈!"

너덜한 수세미로 변기를 다 닦아낸 뒤 미영은 세제 냄새와 섞인 오물 냄새에 헛구역질이 나왔다. 고무장갑을 벗어 회장실 창고 칸에 걸어두고 밖으로 나와 크게 숨을 들이켜고 내뱉었다. 동료애는 개뿔, 텃세가 장난 아니구먼, 미영은 얼굴에 묻은 땀을 닦아내며 패스트푸드점에 대한 환상 하나를 지웠다.

무리가 확실히 정해져서 새로 온 사람은 잘 끼워주지 않았다. 무시하면 무시했지. 하지만 기왕 일하기로 했으니 열심히 할 생각에 미영은 주방으로 돌아가려는데 기다렸다는 듯 점장이 길을 가로막고 말했다.

"미영 씨 회장실 청소 다했어?"

"네…."

"그럼, 음식물쓰레기도 좀 버려요."

자기 할 말만 마치고 빠르게 사라지는 점장을 바라보며 미영은 제발 가다가 엉덩방아라도 찍기를 바랐지만, 그런 일은 일어나지 않았다. 제일 짬밥이 낮은 자신은 점장이 시킨 대로 짬을 버리러 가는 수밖에 없었다. 교육받은 기간까지 꼬박 한 달을 기다렸던 아르바이트가 이 모양 이 꼴이라 정말 짜증이 났지만, 아직 아르바이트에 대한 환상을 지우지 못한 그녀는 좀 더 해보기로 했다.

"미영 씨, 그 일 끝났으면 이것 좀 버스정류장 앞에서 돌리고 와요."

"…이걸 전부요?"

"그래, 필요하면 부를 테니까 그전까진 이거 돌리고 있어요."

다짜고짜 품에 던져진 전단지를 멍하니 보던 미영은 휴대폰을 확인했다. 아니나 다를까 오늘 기온은 42도, 폭염이었다. 폭염주의보가 내렸는데 밖에서 전단지를 돌리라니…. 건네받은 전단지의 묵직한 무게에 미영은 한숨을 내뱉고 버스정류장으로 향했다. 그리고 한 시간 반이나 지나서야 그들은 자신을 불렀다.

"아 언니! 그거 그렇게 하는 거 아니라니까요!"

"아, 미안…."

"아… 진짜 잘하는 게 없어. 이건 제가 할 테니까 창고에서 플라스틱 컵이나 세 줄 가져다줘요!"

미영은 저보다 한참은 어린것이 중얼거리듯 한 말을 정확하게 들었다. 화는 나는데 일 못하는 건 사실이니 뭐라 따질 수도 없어서 미영은 새빨개진 얼굴을 숨기기 위해 빠르게 창고로 뛰어 올라갔다. 창고 물품을 뒤지는 데에는 오랜 시간이 걸리지 않았지만, 플라스틱 컵의 길이가 조금 긴 탓에 앞이 보이지 않아 고개를 비스듬히 숙여 계단을 보고 내려가야만 했다.

땅! 땅! 땅! 땅!

미영의 얼굴이 사색이 되었다. 고개를 비스듬히 숙인 탓에 플라스틱 컵이 떨어져 요란한 소리를 낸 것도 문제였지만, 그 떨어진 플라스틱 컵 앞에 점장이 자신을 보고 있었다는 게 더욱 큰 문제였다. 그런데 점장은 미영을 힐끗 보고는 다시 제 갈 길을 걸어갔다. 웬일이지? 당연히 뭐라 할 줄 알았는데… 미영은 의아했으나 바빠서 오래 생각할 시간도 없었다.

"언니~ 점장님이 사무실로 불러요."

"나를? 왜?"

"몰라요. 빨리 오랬어요. 표정 엄청나게 안 좋음."

귀찮음이 잔뜩 묻어나는 얼굴로 말하는 회사 동생에게 하던 일을 넘기고 사무실로 들어갔다. 사무실에서 점장은 한쪽 눈썹을 치켜 올리며 미영을 보더니 대뜸 한숨부터 쉬었다. 그리고 짧게 마른세수를 하면서 물었다.

"안 창피해요?"

"네?"

"아까 컵 떨어트린 거 창피하지 않냐고요? 나 같으면 엄청 창피할 것 같은데?"

"그럼, 같이 좀 주워주지 그러셨어요."

"뭐?"

점장은 꼭 하늘이 무너진 것 같은 얼굴로 되물었다.

"뭐라고?"

점장이 재차 되물었을 때야 미영은 아차 싶었으나, 그래봤자 이미 엎질러진 물이기에 그냥 뻔뻔하게 나가기로 했다.

"줍는 것 좀 도와주지 그러셨어요."

"너, 너 그걸 말이라고 하니?"

"네, 떨어진 물건을 보면 주워주실 수도 있는 거 아니에요?"

천연덕스러운 말에 점장이 입을 쩍 벌리고 아무 말도 못 하자, 미영은 빠르게 점장에게 인사를 하고서 사무실 밖으로 나왔다. 뒤늦게 쿵쾅거리는 심장에 지금이라도 당장 퇴사를 해야 하나? 불현듯 튀어나온 생각에 고민했다. 그러나 이내 머릿속에서 고민을 지워버렸다. 아르바이트가 여기 하나인 것도 아니고. 당연히 이런 곳은 나가야지. 마침 길을 지나가던 매니저가 보이자 미영은 서슴없이 매니저의 팔을 붙잡았다.

"매니저님, 저 퇴사할게요."

"어, 엉?"

"감사합니다. 수고하셨어요."

매니저에게 꾸벅 인사를 하고서 미영은 곧바로 로커룸으로 달려가 검은색 모자를 벗고, 머리를 풀고, 구질구질한 유니폼을 갈아입었다. 주변 사람들의 수군거림이 들렸지만 신경 쓰지 않았다. 뒤늦게 매니저와 점장이 와서 뭐하는 거냐고 물었지만, 미영은 아랑곳없이 환하게 웃으며 말했다.

"착하게 살아! 이 나쁜 년들아."

 작가의 말 – 상강

나를 막 대하는 사람들에게 참지 말고 우아하게 반격할 수 있으면 좋겠지만 참 쉽지 않습니다. 절대 미영 님이 잘못한 게 아니라는 사실을 전하고 싶어 대차게 대드는 모습을 한번 그려봤습니다.

휴식이
필요한 날

부산에 사는 문화기획자 수라 님의 사연
내가 좋아하는 일을 위해 이제껏 달려왔고 지금도 여전히 좋아하지만
이대로 가다가는 번아웃 될 것 같은 두려움이 있어요.

"그래서 너 소속이 어딘데?"

전 직장선배의 뜬금없는 전화에 설은 뒤통수를 맞은 기분이 되었다. 지금 설에게는 딱히 '소속'이라고 할 만한 곳이 없었기 때문이다. 그냥, 이 프로젝트 하면 이곳에 참여, 저 프로젝트가 열리면 저곳에 참여하는 식이라 설은 아무런 말도 하지 못했다. 오랜만에 맞은 직구에 목덜미가 뻣뻣해졌다. 설의 침묵에 선배가 말 몇 마디를 덧붙였다.

"김설, 너 나이가 몇인데… 후, 지금 당장은 모르겠지만 나중에 후회할 수도 있어."

"…네."

진지하게 조언을 건네는 선배에게 설은 가만히 고개를 끄덕였

다. 눈앞에 선배가 있는 듯한 착각이 들었다. 사실 설이라고 왜 그걸 모르겠는가. 크게 자신의 이름을 걸고 해낸 것도 없이 작은 행사, 프로젝트를 계속한다는 것은 설에게 득이 될 게 없었다. 하지만 그래도 설은 자기 일이 좋았다. 전화기에 퍼지는 고요한 침묵에 선배가 한숨을 내쉰다. 안경을 위로 치켜 올리고 콧대를 꾹 누르고 있을 모습이 설에게 선했다.

"차라리 다시 들어오지그래?"

"예?"

"다시 들어오라고. 힘들어도 월급 꼬박꼬박 나오고, 연차 쌓이고, 소속 확실한 게 훨씬 낫잖아."

장난이 아니라 진심이다. 덧붙이는 말에 설은 침묵했다. 확실히 프리랜서보다야 나은 점이 가득했고, 이전에 했던 일이니 더 잘할 수도 있다. 게다가 이 제안은 언제 없었던 일이 될지 모른다. 입안이 바싹 말라 침을 꿀꺽 삼킨 설은 겨우 말문을 열었다.

"…지금 꼭 대답해야 하나요?"

"아니, 편할 때 대답해."

"네."

전화가 끊기자 설은 온몸에 기가 빠져나간 듯 침대 매트리스에 반쯤 기대어 누웠다. 살다 보니 다시 기자가 될까 고민하는 순간도 있다니. 설은 스스로 놀라 킥킥 웃었다. 다양한 문화 소식을 널리 알리고 싶어 취직하게 된 문화 분야 기자는 생각보다 열악한 환경에 문화를 느낄 새도 없이 배경으로 올릴 사진 하나만 찍고 다음 장소로 이동해야 하는 고된 직종이었다. 설은 좀 더 깊이 있는 문화 기사를 쓰고 싶었다. 인터넷에서 쉽게 찾을 수 있는 내용을 쓰고 싶지는 않았다.

"힘들기도 했지만, 내가 원한 거랑은 많이 달랐지."

그래서 설은 호기롭게 퇴사한 뒤, 문화에 대해서 더 공부하고, 알음알음 아는 사람을 통해 일도 소개받으며 프로젝트를 진행했다. 새롭게 시작하는 일이라 힘들 때도 있었고 재미있는 일도 있었지만, 지금은 어느 정도 적응해 크게 감흥이 없었다. 여전히 바쁘긴 하지만 처음처럼 재미있거나 새롭진 않았다. 기자 시절보다는 설이 고를 수 있는 선택지도, 표현하는 방법도 늘었지만 딱 거기까지.

설은 근래 들어 정체된 느낌을 받았다.

물론 문화를 아직 좋아하고, 문화에 관해서 공부하고 매일 생각하지만, 쉴 시간이 없었던 탓일까. 이대로 가면 언젠가는 문화를 좋아하는 마음이 다 닳아 사라질 것 같다는 생각을 했다. 머리가 윙윙 우는 기분까지 드니 짜증이 샘솟았다.

"…쉬어야 하나."

설은 이불에 얼굴을 묻는다. 그게 얼마나 터무니없는 말인지 알고 있기 때문이다. 갑자기 쉴 수도 없는 노릇이고, 프리랜서가 된 이상 물 들어올 때 노를 저어야지 지금 쉬면 정말 영원히 쉴 수도 있다는 사실을 모를 만큼 어리지도 않기에, 설은 옷을 주섬주섬 챙겨 입고 밖으로 나섰다. 생각을 너무 많이 했더니 머리에 쥐가

날 지경이어서 근처 새로 생긴 카페에서 찬바람을 맞고 기분전환을 하기 위해서다.

'딸랑'

"어서 오세요."

"아이스 아메리카노 톨 사이즈 하나요."

"네, 가져가실 건가요?"

"아니요. 마시고… 갈, 거예요."

말을 조금 더듬은 것이 창피해 고개를 숙였는데 눈앞의 남자가 작게 웃는 느낌이 들었다. 고개를 들어 올리니 남자는 반달처럼 곱게 접은 눈웃음을 지으며 설에게 진동벨을 건넸다.

"벨이 울리면 찾으러 오세요."

낮고 조곤조곤한 말투에 설은 가슴이 쿵 하고 떨어지는 듯했다. 얼굴이 새빨개지기 전에 후닥닥 카운터에서 벗어나 자리에 앉아 손부채질을 했다.

"뭐… 저리 얼굴이 내 취향으로 생겼데…."

저 얼굴에 미소라니, 깜짝 놀랐네. 간신히 열이 오른 얼굴을 가라앉힌 설은 힐끔힐끔 남자를 돌아보았다. 커피추출기를 사용하기 위해 몸을 돌린 남자의 딱 벌어진 어깨와 탄탄한 상체가 새하얀 와이셔츠 때문에 더 돋보이는 것 같았다. 아 진짜 내 취향.

부르르르.

"아이스 아메리카노 톨 사이즈 한 잔 나왔습니다."

"네, 아 저 과자는 안 시켰는데요."

"서비스예요."

진동벨을 건네받은 남자는 봄바람같이 살랑거리는 눈웃음을 지으며 개업한 지 얼마 안 됐다는 말을 덧붙였다. '참 잘생겼네.' 설이 잠시 넋을 잃은 사람처럼 남자의 얼굴을 쳐다보자 남자는 머쓱한 듯 목덜미를 긁적이더니 갈색 트레이에 과자 두세 개를 더 올려주었다.

"원래는 한 사람당 하나인데, 더 드릴게요."
"고맙습니다. 이 과자는 직접 구우신 건가요?"
"아… 아뇨. 저쪽 행사장에서 샀어요. 그런 거 좋아하거든요."

관심 있으면 구경하러 가보라며 팸플릿을 건네는 행동이 자연스러워 설은 자신도 모르게 건네받았다. 플리마켓이구나…. 이것도 좋지. 설이 문득 든 생각에 카페를 둘러보니 역시나 카페 내부에 장식된 아기자기한 물건들이 모두 플리마켓이나 행사장에서 받은 기념품이었다. 평범한 사람들이라면 몰랐겠지만, 설은 이쪽에 아주 빠삭하니 모를 수가 없었다.

"저도 이런 거 좋아하거든요! 혹시 이런 건 어떠세요?"
"어떤 건데요?"

설은 휴대폰을 뒤져 자신이 옛날에 다녀왔던 행사장 사진을 보여주며 남자와 대화를 나누었다. 간만에 일 외에 사적인 대화를 나누니 금세 기분이 나아져 시간 가는 줄 몰랐다. 뒤늦게 손님이 들어오지 않았다면 설은 계속 남자와 대화를 나눴을 것이다. 마침 점심시간이라 그런지 카페는 점점 사람들이 늘어갔다. 설은 조심스레 카페를 나왔다. 그제야 알았다.

"…머리가 안 아프네."

 기분전환 효과가 있었던 걸까 온종일 머리가 지끈지끈했는데, 더는 아프지 않았다. 복잡했던 머릿속이 차분해진 느낌이 들었다. 그래, 요즘 좀 못 쉬어서 그랬구나.

 작가의 말 – 상강

일에 빠져 사는 것도 좋지만 중간중간 기분전환도 필요합니다.
조금은 다른 생각으로 머리를 식히는 게 어떤가 싶어 카페에서 마음이 맞는 이를 만나 즐거운 한때를 보내는 이야기를 써봤습니다.

꼼빠눙

부산에서 베이커리를 운영하는 수미 님의 사연
어릴 때 우연히 들른 빵집의 향긋한 빵 냄새와 분위기에 취해 그때 진로를 정했어요.
나중에 빵을 나눠 먹을 수 있는 따뜻한 빵집을 운영하는 게 꿈입니다.
응원해주세요.

"후."

수미는 잔뜩 긴장한 탓에 손바닥에 식은땀이 가득 배어났다. 바짓단에 땀을 닦아내고 눈동자를 반짝이며 자신을 보는 학생이 건넨 마이크를 받아 무대에 올라갔다. 삼백 명 남짓 되는 자신의 모교 학생들이 일제히 수미에게 시선을 집중했다.

"흠흠, 안녕하세요. XX 학교 후배들, 32기 졸업생 꼼빠눙 대표 황수미입니다."

—와아아!!

—짝짝짝!

"다들 알다시피 꼼빠눙은 대한민국을 대표하는 빵 브랜드 중 하나죠. 오늘은 제가 어떻게 이 꼼빠눙을 키웠는지에 대해서 알려드리려고 합니다."

 수미는 자신의 말 한마디 한마디에 집중하는 학생들이 너무나도 귀여워 자연스레 미소가 지어졌다. 본격적으로 이야기를 시작하자 무대 조명이 점차 어두워졌고, 커다란 스크린이 내려왔다.

 "제가 중학교 3학년 때, 정X우 빵집 트럭을 처음으로 보았습니다. 트럭이 너무 예뻐서 자연스레 따라 들어간 빵집에서 고소한 빵 냄새와 밀가루 냄새, 차가운 제과 쇼케이스 안에 전시된 캐릭터 빵을 보고 그때 제 진로를 정했죠."

 -오~!

 수미가 까불거리는 목소리 쪽으로 시선을 돌리자 곧바로 담당 선생님에게 꿀밤으로 제지받는 소년이 보였다. 수미는 피식 웃으며 빨간색 레이저 포인터로 나열된 글자 하나하나를 읽었다.

 "고등학교는 제과제빵과로, 대학도 제과, 취업도 제과. 제 청소년기는 빵과 함께했다고 해도 과언이 아닙니다. 빵 만들 땐 아무 생각도 나지 않고 그저 행복했어요."

 수미는 이제 많이 흐릿해진 청소년기를 더듬으며 말했다. 거짓말이 아니었다.

 정말로 빵을 만들 때면, 복잡한 교우 관계나 집안 사정 같은 건 하나도 생각나지 않았다.

 짧은 침묵 뒤에 수미의 손가락 신호에 페이지가 넘어간다.

 "학생 때 제법 엘리트였던 저는 나름 알아준다는 제과 대기업에서 일하다 허리 통증으로 고생했지만 빵에 대한 열정이 단 한 번도 식은 적이 없어요. 근데, 제 몸이 그걸 받아내지 못했어요. 의사는 제가 젊은 나이에 너무 무리했다며 허리 디스크를 선고했습니다."

"아직도 가끔씩 허리가 쑤셔요."

수미가 장난스럽게 덧붙인 말에 학생들 몇몇이 쿡쿡 웃거나 친구의 허리를 더듬는다. 수미는 금세 장난치는 학생들을 위해 다음 페이지를 넘겼다.

"재활하는 동안에는 빵 만드는 일을 멈추라고 했어요. 빵순이로 살아온 저에게 그건 사형 선고나 다름없어서 우울증이 올 것만 같았어요. 푹 쉬라고는 했지만, 아무것도 안 할 수는 없어서 자연스럽게 바리스타에 관심을 두게 됐어요. 빵과 커피는 언제나 궁합 좋은 조합이라, 자연스럽게 카페에 관심을 두다가 결국 카페를 차렸지요. 그게 지금 꼼빠뇽의 첫 시작이었습니다."

수미의 신호에 따라 스크린 화면이 달라졌다. 이제는 없어졌지만, 단란한 프랑스의 가정집 인테리어를 기반으로 한 풀잎을 닮은 지붕과 연갈색 벽돌 위로 자란 담쟁이덩굴이 인상적인 카페였다. 수미는 새삼스럽게 그곳이 그리워져 잠시 상념에 빠졌다가 이내 다시 강의를 이어갔다.

"카페, 꼼빠뇽은 동반자, 식구라는 뜻으로 손님과 같이 빵을 나눠 먹을 사이가 되길 바라면서 만든 곳입니다. 그리고 지금의 꼼빠뇽도 계속해서 지키고 있는 신념이지요."

'비록 이곳은 사정이 생겨 아쉽게 문을 닫았지만…' 덧붙여질 말을 꿀꺽 삼킨 수미는 그날의 기억을 잠시 되살렸다. 오히려 그것

때문에 더욱 오기가 붙었다. 이제껏 빵 하나만 바라봤기에 더욱 그랬다. 이제 와서 다른 걸 바라볼 수도 없고, 사실 볼 생각도 없었기에 여기까지 올 수 있었다.

"카페 꼼빠뇽을 기반으로 사업을 시작했습니다. 먹어도 먹어도 안 질리는 빵, 너무 맛있어서 저절로 공유하고 싶은 빵을 만드는 저만의 방법을, 요리법을 이용해서요."

장난스럽게 눈을 찡긋거리는 수미에게 학생들이 우우~ 하는 야유를 보냈다.

그래도 수미는 아랑곳하지 않고 페이지를 넘기자 검은 바탕에 새하얀 글씨로 써진 수많은 이름이 올라가면서 사라졌다. 전부 꼼빠뇽에서 지원하는 보육원, 제과학원이다. 빵에 투자한 지 25년 만에 이룬 수미의 꿈이었다.

"저는 빵 덕분에 사람과 소통하는 즐거움을 알게 되었고, 낮았던 자존감도 다시 올릴 수 있었습니다. 저는 저와 같은 경험을 다른 사람들에게도 느끼게 해주고 싶어서 이 단체를 설립했습니다."

끝없이 올라가는 명단에 넋을 놓은 틈을 타 수미는 매끄럽게 진행을 이어갔다.

오래전 학원에서 일하고 강사로 아이들을 가르친 경력이 어디가진 않았는지 학생들은 마치 홀린 듯 수미의 진행을 따라왔다. 시간은 빨리 지나갔고 어느새 약속한 시간이 조금 넘었다. 한 학생이 무대 밑에서 끝내라는 사인을 보내왔다. 수미는 헤어질 시간이 왔다며 아쉬운 표정으로 후배들을 향해 고개를 숙였다.

"끝으로 저는 언젠가 여러분과도 빵을 나눠 먹는 사이가 되고 싶다는 걸 알아주시면 감사하겠습니다. 이상 꼼빠뇽 대표 황수미였습니다."

-짝짝짝!

학생들의 박수와 함께 수미는 무대에서 내려가 마이크를 건네주고 교장 선생님과 가볍게 악수한 뒤 빠르게 학교를 벗어났다. 기왕에 모교에 왔으니 느긋하게 대화라도 나누고 가라는 교장 선생님의 제안은 감사했지만, 수미는 두 시에 또 다른 곳에서 강연이 있었다.

 작가의 말 - 상강

수미 님의 현재까지의 인생, 그리고 미래에 무엇을 하고 싶은지에 대해 들었는데요.
앞날을 이야기하는 수미님의 얼굴이 너무 행복해 보여 덩달아 기분이 좋아졌습니다.
그래서 저는 조금 먼 미래에 수미 님이 자신이 설립한 제빵회사의 대표가 되어 학생들에게
강의하는 모습을 그려보았습니다.

당신의 이야기가 소설입니다
3분소설

초판 1쇄 발행 2019년 7월 15일

지 은 이 마리애비 외
기   획 바이트
편   집 남은영, 허승
마 케 팅 이원희
디 자 인 최은지
일러스트 김태훈

펴 낸 곳 에이치
출판등록 2017년 7월 24일 제2017-000006호
주   소 경기도 양평군 지평의병로 116번길 15
이 메 일 hconpub@gmail.com
팩   스 0505-055-2747

ISBN 979-11-89911-04-1 03810

이 도서의 국립중앙도서관 출판시도서목록(CIP)은 서지정보유통지원시스템 홈페이지(http://seoji.nl.go.kr)와 국가자료공동목록시스템(http://www.nl.go.kr/kolisnet)에서 이용하실 수 있습니다.(CIP제어번호: CIP2019025018)

잘못된 책은 구입하신 서점에서 바꿔드립니다.